光文社古典新訳文庫

好色五人女

井原西鶴

田中貴子訳

kobunsha classics

光文社

Title : 好色五人女
1686
Author : 井原西鶴

『好色五人女』目次

好色五人女

口上

・本書は西鶴作と伝えられる『好色五人女』全五巻の現代語訳である。底本は『定本西鶴全集　第二巻』（中央公論社）の『好色五人女』をもとに、「読書案内」であげた諸注釈書を参照した。

・訳出にあたっては極力原文に忠実なることを心がけたが、現代人になじみやすい訳文にするため最小限の工夫を施した箇所もある。適宜段落に分け、会話文や心内語には「」を施し、最低限の注を施した。また、訳者の解釈や注釈のため、（　）で内容を補っている。

・訳文は、現代の噺家が落語の人情話を語っているような文体を選んだ。想定した語り手は、「少し頑固で頭が固く、しかし好奇心旺盛で情にあついおじさん」である。読者諸氏は、お気に入りの噺家の声で脳内再生を試みられたい。また、会話文は現代的な勢いを活かしつつつなるべくニュートラルなかたちを目指した。

巻一　姿やさし姫路の清十郎物語

分別忘れる恋の乱痴気さわぎ・西国随一の遊び人のこと

播州の西のほう、もうちょっとで隣の国になるといったところに、室津[1]という、それは賑やかな港町がございます。瀬戸内海を通る船はまずここで風待ちをする習いで、まるで新春の海に七福神を乗せた豪勢な宝船が碇を下ろす様にも似ております。もちろん、船人を当て込んだ廓も、その贅沢な軒を並べているという次第。

この町に、酒造りを家業とする和泉清左衛門という商人がおりました。商売繁盛、家は富み栄え、しかも、跡取り息子まで出来ました。清十郎という名のこの息子、生まれついての美形でして、美男で名高い在原業平を描いた絵にも勝るという、いかにも女にもてそうな姿形でございます。そのせいか、早くも十四歳の秋頃から女遊びに入れ込んで、八十七人いる廓の遊女のうち、一人として遊んだことがない者がないようなありさまです。

「恋するのはあなた一人です」という約束を書いた遊女からの誓紙[2]は千束もたまり、誓いの印として女が贈って来た生爪は手箱からあふれ、誠の心を示そうと切った黒髪の束は大縄になえるほどの大もてぶり。あの兼好法師は「女の黒髪は象をもつなぐ」といいましたが、嫉妬に狂って馬鹿力を出す女でもつながれたら切れないだろうと思わせる太さになりましょう（いくら遊女の約束は営業用とはいっても、このすさまじさには驚きます）。毎日届く恋文は山をなすほどですし、紋付の小袖の贈り物はあまりに多いのでそのまま重ねて捨て置いています。三途の川のほとりで亡者の衣を剝ぐ強欲な奪衣婆も、これを見たらげんなりしましょうし、高麗橋筋[3]の古着屋だって値段のつけようがあるまいと思えます。清十郎はそうしたいっさいがっさいを、「浮世蔵」（女の戦利品）と書き付けた一室に詰め込んでおきました。こんな酔狂なものをとっておいたって、いくら待っても値上がりするわけはございません。見る人はみな、「なんという馬鹿息子！　すぐに親から役所に届け出があって、勘当されちまうに決

1　兵庫県たつの市の地名。播磨灘に臨んだ中世以来の重要な港町で、遊女発祥の地ともされた。
2　長く衆道の契りを結び裏切りはしない、という誓いの言葉を記した文書。
3　大阪市中央区の高麗橋通。商業の中心地で、呉服商などが多かった。

まってる」と口々に申します。ええ、この頃は親子の縁を切るには、役所の勘当帳というものに名前を載せないといけなかったんでございます。でも、親の縁よりだんぜん切れぬは色の縁、止めても止まらぬ恋の道を、清十郎はまっしぐら。

ちょうどその頃、清十郎は皆川という女郎のもとへ居続け、深いなじみになっておりました。命と引き替えでもかまわない、人がどう言おうと世間が噂しようと屁とも思わないほどののめり込みよう。無駄な散財を「月夜に提灯」と申しますが、それどころか、真っ昼間に座敷の建具を閉め切って提灯を明々と灯させ、世界のどこぞにあるという「昼のない国」ごっこをして遊びふけっておりました。しゃれのわかる太鼓持ちをたくさん集め、拍子木打って町を巡る夜番のふりやら、コウモリの鳴き真似やらをさせる。遣り手婆[4]が往来の人に茶を振る舞う真似の横で歌念仏を唱え、まだ生きてる下男の久五郎を無理やり死人に見立てて、お盆のお供物を作る始末。お盆がすんだら送り火[5]だといって、苧殻ならぬ爪楊枝を燃やしてみたりする。こうやって、夜することをみなやって遊び尽くします。

「夜遊び」に飽きると、世界地図で名前を見た「裸島」ごっこをいたします。裸島というからには、裸で暮らす人たちばかりじゃあないかと揚屋[6]中の者を残らず裸にしたのですが、深いなじみにさえ肌をさらさないのがたしなみの女郎たちはもちろんいやがる。無理やり着物を脱がせれば、見られることの恥ずかしさはたとえようもございません。中でも、吉崎（よしさき）という三番手の女郎（太夫（たゆう）、天神（てんじん）の次の位で「囲い女郎」と申しますが）は、長年隠して来た腰骨の上の白あざを見つけられ、これが俗に「白なまず」といわれるもんですから、「見ろよ！　肌のぬくい弁天さまのお腰に、お使いの琵琶湖の鯰（なまず）がちゃーんと泳いでらっしゃるぞ。こりゃ眼福眼福」と、座敷中の人々が手をすりあわせて拝む悪ふざけをいたしましたので、すっかり気まずい雰囲気になってしまいました。いったん興ざめすると、裸というものはよく見れば見るほど見苦しいところが目につき、その後、座はだんだんしらけてつまらなくなって参りました。

こうして遊んでいる間、堪忍袋の緒が切れた清十郎の父親がこの宿に探しにやって参りました。その場にいた人たちの様子は、まるで思わぬ突風が襲いかかって火の手

4　遊女の指導監督をする女。
5　盂蘭盆（うらぼん）の最終日に、祖先の霊を送るため焚（た）く火。
6　客が遊女屋から高級な遊女を呼んで遊ぶ店。

が広がった火事場のようで、家財道具を持ち出す暇もなく右往左往する人の騒ぎのようでございます。清十郎が、「もうこれで火遊びはすっぱり止(や)めますから、お父さん、どうぞお許し下さいませ」と、言葉を尽くして詫びても聞き入れず、

「つべこべ言わずに、早くどこかへ行ってしまえ」

と息子に引導(いんどう)を渡したのでございます。父親は、

「ではみなさま、わたしもこれでお暇(いとま)いたします。さようなら」

と一同に挨拶をして帰って行きました。皆川をはじめ女郎たちはおいおい泣き出してしまい、さっきまでのお遊びはもうめちゃくちゃでございます。

そんななか、太鼓持ちの一人、闇夜の治介(じすけ)という者はちっとも動ずる姿を見せず、しれっとした顔で清十郎にこう申します。

「男ってものは裸でも百貫の価値があるといいますが、こう裸ばかりじゃ百貫どころか万貫。褌(ふんどし)一つでも世間を渡るにゃ上等ってもんです。清十郎さま、やきもきなさいますな」

これは言い得て妙だな、と一同は口々に笑い、これを肴(さかな)にまたまた酒を飲み始め、少しでも憂さを忘れようという次第。

ところが世間は無情なものでございます。揚屋ではさっきの勘当騒ぎで清十郎に愛想を尽かし、用事を言いつけようと手をたたいてもこだまが廊下に響くだけ、酒のつまみが出てよい頃なのに膳の上はがらんと淋しい。「茶をおくれ」と言いつけても、愛想のないことに天目茶碗[7]を両手それぞれにむんずとつかんで持ってきて、帰るときは行灯の灯心を減らしてゆくので座敷はだんだん薄暗く、陰気になって参ります。そばに侍っていた女郎たちにも「紅葉の間のお客さんのとこに行ってちょうだい」と呼び立て、まるで阿漕なキャバクラのようでございます。さてさて、手のひらを返したようなあしらいは水商売の習い、金の切れ目が縁の切れ目とは、昔の人はよく言ったものです。

清十郎の相方の皆川の身にしてみれば悲しさまさるばかりで、たった一人座敷に残って涙にくれます。清十郎も「くやしい」と言うだけで、口にはしないけれど命を捨てるつもりでいましたが、「でも、皆川はきっと『わたしもいっしょに』と言うだろうから、それは可哀想なことだ。どうすればいいんだろう……」といろいろ考え込

7　茶の湯で用いるすり鉢形の茶碗。

んでしまいます。彼の心中を察した皆川は、「あなたは生き恥をさらすより死をお選びになるんでしょうが、それは本当にばかばかしいわ。わたしとしては、いっしょに死にます、と言いたいところだけど、勘弁して。まだまだこの世に未練が山ほどあるんです。期待しないで。遊女の深情けなんてあるわけないでしょ。今までのことだって『お仕事』と割り切ってやってきたの。あなたとはもう過去の話よ。じゃあ、これで」と言い捨て、さっと立ち上がって去ってゆきました。

こんなはずではなかったと、さすがの清十郎も思惑違いにがっくり来て、

「いくら商売女とはいえ、今までのあれやこれやをすぱっと捨て去るとはあきれかえる。こんなことになるなんて……」

と、涙を流しながら揚屋を出ようとするところに、だーっと走って来て清十郎にしがみつきましたのは、白装束に身を包んだ皆川その人でございます。

「死なずにどこへ行くの。さあさあ、心中するなら今しかないわ！」

と、カミソリ一対をつかみ出しました。清十郎は、さきほどの愛想づかしから一転しての皆川のふるまいに再びびっくりいたしましたものの、「おれへの恋はほんとうだったんだ」と、鼻の下を伸ばして喜びました。しかし、この騒ぎに駆けつけた人々

が力ずくで東と西に二人を引き分け、皆川は遊里の親方のもとへ、清十郎は人々がよってたかって旦那寺の永興院へ送り届けました。「父御にお詫びを入れる際役に立つかもしれない」というはからいですが、時に清十郎十九歳、お釈迦様がご出家あそばしたのと同じ歳というのはありがたくも勿体ないことではありました……。

ほどいた帯からぞろぞろ恋文

「これは大変だ。たった今のことじゃ。外科医はおらぬか、気付薬はないか」と騒がしい人の声々に、何事かというと、皆川が自害したので人々が嘆いているのでございます。「まだ、何とかなるのではないか」とみなが言っているうちに、なすすべもなく脈が途切れて死に至りました。世の中はままならぬものとは申しますが、ほんとうにどうにもならないときはあるもんでございます。

皆川の自害は、清十郎の後追いを恐れ十日あまり隠されておりましたので、気がついたときはすでに遅し。清十郎はすっかり死に遅れ、やはりままならない人の命。そこへ清十郎の母親が息子のためを思ってか、なにやら言って参りました。いったいどんなことを申しましたかは、みなさまのご想像にお任せいたしますが、おそらくは、清十郎にこの室津を離れるよう勧めたことは含まれておりましたのでしょう。生きていても詮のない我が身ではありますが、ひそかに永興院を出、播磨の国姫路に知る人があったので人目をしのんで室津を旅立ち東へ向かったのでございました。

姫路の知り合いは、なにぶん清十郎とは昔のよしみがありますものですから、転がり込んだ居候を邪険にすることもなく迎え入れてくれたのでした。そうこうして日をすごすうち、その知り合いが、姫路随一の米問屋の主人但馬屋九右衛門が手代を探しているからやってみないか、と清十郎に勧めたのでございます。手代というのは店を仕切る営業の花形ではございますが、もちろん商いに素人の清十郎にそんな仕事ができるわけはありません。後々店を任せられるような男を選んで仕込もうというつもりなのでありましょうが、「ここできちんと励めば、お父上も勘当を考え直すかも知れないから」と説かれ、清十郎、生まれて初めて勤めに出ることになったのでした。

もともと清十郎は生まれも育ちも卑しからぬ身でありますし、心根優しく聡明なおつむを持っておりまして、しかもいかにも人好きのする風体をしております。ことに、女の気を引くほどの美男（イケメン）が、身なりかまわず女に脇目もふらず、明けても暮れてもくそまじめに奉公いたしましたので、主人の九右衛門はお店（たな）をすっかり任せるようになりました。そのおかげで店は繁盛（はんじょう）いたし、それにつれて金子（きんす）が貯まるのもうれしく、清十郎を将来の頼みと思うあるじ九右衛門でございました。

さて、九右衛門にはお夏と申す十六になる妹がおりました。この頃は十四、十五で嫁入りするのが当たり前でございますから、十六歳ともなりますと「売れ残り」とか何とか陰口（かげぐち）をたたかれる年頃でございます（現代ではもてもての娘ざかりでございますが、同じ感覚でお考えになっちゃいけません）。

「この男は嫌、こんなのと結婚するなんて信じられない！」

などとえり好みして、持ち込まれる縁談をことごとく蹴（け）ってしまうのでございます。ところがこのお夏、決して不器量なお嬢さんじゃございません。こんな田舎に珍しいほどの美形ぶりで、美人が多いという都でも素人さんの中では見たことがないほどでございます。なにしろ、

「昔、京の島原（しまばら）遊廓[8]に、揚羽蝶（あげはちょう）の紋をつけた美貌で名高い太夫がいたけど、それを

上回るほどの美人やなあ」

と、京の人が語ったくらいでございます。

お夏のどこがそんなに美しいかと申しますと、目が口が、と一々説明するのもばからしい。読者がよくご存じの島原の太夫たちになぞらえてご想像なると合点がゆきましょう。もちろん、太夫に負けず劣らぬ恋心の深さもさぞかし、でございます。

ある日、清十郎は厚地で作られたふだん用の帯を、仲居の亀という女に、

「幅の広い帯だと遊び人みたいだからいやだ。いい幅に縫い直して」

と頼みました。亀が「ちっ、仕事が増えるよ」とおおざっぱに帯の縫い目をほどき始めますと、中からばらっとこぼれ落ちたのは何通もの古い手紙。手にとってそれらを読んでみますと、全部で十四、五枚ある手紙の宛名はみな「清さま」ですが差出人はすべて違い、花鳥、浮舟、小太夫、明石、卯の葉、筑前、千寿、長州、市之丞、こよし、松山、小左衛門、出羽、みよし、と、謡曲に「室君」と謡われて名高い室津の遊女の名がずらりと並んでおりました。

どの手紙を見ても、女郎のほうから清十郎にしんそこ惚れ込んで、心血注いで命さえ懸けたような文面。お客の気を引くためのお世辞らしい気配はさらになく、女の誠

を込めた筆づかいでございます。それをふと目にしたお夏は、

「これほどの男なら、相手がどんな遊女でも心を奪われてしまうでしょうね。女遊びにうつつをぬかしただけの価値があるというものだわ。もしかしたら、外からだけではわからない恋のテクニックを持っているのかもしれない。そんな人ならわたしも気になるわ」

としみじみ思っているうちに、いつしか清十郎に惹かれていったのでした。それからというもの、朝となく夜となく思うは清十郎のことばかり。王朝人が和歌に詠んだように、魂が身を離れて清十郎の懐に入り込んでしまい、身体（からだ）のほうは抜け殻みたいなあんばいでございます。春に桜が咲いても闇の中にいるかのよう、秋の夜に月が出ても昼間と変わらず目に入らない。一面雪の曙（あけぼの）は白く思えず、夕暮れに鳴くほととぎすも耳には入らない。盆も正月もわからないありさま、といったお夏の姿です。

恋に夢中で我を忘れるこんな様子が人に知られないはずはありゃしません。お夏の目のやりどころやら、物の言いようは「清十郎さまらぶ♡」と触れ回っているよう

8　江戸時代、京都で唯一公に許可された遊廓。

なものでございます。

「こんな恋にはもう逢えないかもしれない。何としてでも叶えないと」

とお夏は心に誓うのでした。お夏のまわりの女中たちも「お嬢様、おかわいそうに」とは思うものの、この女たちも同じように清十郎に恋しておりますので、ちょっと複雑な心境でございましたろう。

お針子は針で指に血の玉をこしらえ、それで心のたけを文に記すありさまは、まるで血判状を思わせる真剣さ。仲居は人に頼んで男の筆つかいで書いた手紙を、すれ違いざまに清十郎の袂に投げ込み、奥勤めの女中は、頼まれもしない茶を清十郎の働く店先に運んだりいたします。挙げ句の果ては、子守の婆さまさえ口実を設けては子を清十郎の腕に抱かせ、膝に子のおしっこをもらさせては、

「ほうら、おまえさまも早う嫁をもらって子を作りなされ。わたくしも子を産んでから乳母のつとめに出たのです。ところが亭主は役立たずで、今は離婚して熊本くんだりで奉公しているとかいうことです。別れるときは離縁状をもらっておきました。次にどんなご縁があるかもわかりませんからな。わたくしは正真正銘のおひとりさまですよ。生まれつき横には太くても、わたくしのようなおちょぼ口とくせ毛の女は、あ

ちらがたいそう具合よいとか、ほほほ」

などと気色の悪い独り言を清十郎に聞かせようとするのはお笑いぐさでございます。台所つとめの下女はそれぞれに気を配り、めぐろ（西ではまぐろの子をめぐろと申します）のせんば煮を金杓子片手にかき回して骨や頭を選り分け、少しでも身のあるところを盛りつけて「これは清十郎に」と気を遣うのも見苦しいものです（船場煮というものは魚のあらと野菜を焚いた商家のつましいおかずですから、身なんぞかけらもないはずなんですが）。

あっちを向いてもこちらを見ても女たちの熱い視線ばかり感じますので、清十郎はうれしいやら困るやら、最初の内はまめに応対していたもののだんだん店の勤めが二の次になり、恋のやりくりも嫌になって、夢の最中に目が覚めてしまったようなぼうっとした様子でございました。ところが、お夏はなお少しでも機会を求めて手紙をよこすので、女疲れの清十郎もだんだんと心が傾いて参りました。お夏の気持ちにこたえようとは思いつつ、親だの勤め人だのの目がうるさい商家のことでございますからこっそり逢引することなどとてもできません。なかなか逢えないとなるとかえって燃え上がるのは煩悩という炎、たがいに恋心にせめられて水も喉を通らず次第にやせ細りゆき、あたら美しい姿もしぼみ切った花の風情になってしまいました。月日がむなしく過ぎ去るのはいかんともしがたく、何かの拍子にやっと相手の声を聞き合う機会を楽しみにして、

「どんなことでも命あってのこと、生きていさえすればいつかは恋が叶うときが来るかもしれない」

と、心の底で思いを通わせている若い二人でございました。しかし、逢坂の関に恋路を邪魔する関守がいるのは昔からのことでございます。夜がふけて、「もしや、今晩こそはこっそり逢えるかも」という二人の思いを断ち切るように、清十郎の寝る部屋とお夏の寝屋の間に立つ中戸には兄嫁という関守がしっかりと引き戸を閉め鎖を掛けるのがいつものことです。「火の用心」といいながらがらがら戸を閉める音は、かの在原業平が二条の后を失った伊勢物語・芥川のくだりに似て二人を引き裂く雷のように胸にこたえ、さらに身の縮む恐ろしさであったのでございます。

獅子舞は太鼓に寄り、男は女に寄る

高砂の尾上の桜咲きにけり、と古歌[9]に詠まれた春爛漫。様子のいい妻を連れ歩く者やら、年頃の娘をひけらかす母親やら、花見というものは花を見ずして人に見られに行くところ、というのが当世のあたり前でございます。とかく女は化けるもの、姫路城の天守に巣くう妖怪おさかべ狐さえ、そんな女にはかなわぬとか申しますな。但馬屋の女たちは春の野遊びと駕籠を連ねて出かけてゆき、あとから清十郎が世話役に遣わされました。高砂神社や曽根の天満さま[10]の松は若緑の色を増し、うららかな砂浜の景色は言葉に尽くせぬ眺めでございます。里の子どもらが落葉を搔いては小さな松露を採ったり菫や茅花を摘んでいる姿を珍しく見ながら、花見の一行はそれぞれに若草のまばらな所に花むしろ、毛氈を敷かせまして春の一日を楽しみます。海は

9 『百人一首』などに収録された大江匡房の和歌「高砂の尾上の桜咲きにけり外山の霞たたずもあらなむ」による。謡曲「高砂」には「高砂の尾上の鐘の音すなり」という文言が見える。

10 兵庫県高砂市にある曽根天満宮。

静かで、幕と掛け回した小袖も夕日と見まがうような紅色が互いに競うように並んでおりまして、花見客の男たちも桜以外の藤や山吹に目をやらないのは当然とばかり他の女には目もくれず、この小袖幕の華やかさに惹かれてチラ見しては帰る時を忘れるほどでございます。酒樽を開けては飲み、幕内の女たちを肴に「酔うのは人の楽しみじゃ、すべてを忘れて酔え酔え」とばかり大いに盛り上がります。幕の中では女ばかりの酒盛りに男は清十郎ただひとり。女たちは我も我もと天目茶碗でがぶ飲みしては存分に羽を伸ばし、「胡蝶の夢」の故事[11]にも劣らず、蝶が広い野原を飛びまわるように羽目を外して前後不覚になるほどのお楽しみようでございます。

そうした折りから、太鼓の曲打ちに乗って太神楽の一団がやって参りまして、花見客を見つけると獅子舞の身振りも面白く見せましたので、見物客はみな立ち上がり趣向に見入りました。ふだんあまり外に出ない女は何でも見たがるものでございますから、太神楽に夢中のていで、ひたすら「もっと、もっと」と止めさせません。この獅子舞もなぜだか但馬屋の女たちのもとを去らずに、巧みなわざを尽くしました。

獅子舞に夢中の女たちをよそ目にお夏はひとり幕の内に残り、虫歯がしくしく痛むといった悩ましい風情で袖を枕に伏せっておりました。しぜんにほどけた帯はそのままに、女たちが着替えた小袖を積み重ねた物陰で寝たふりなのもしゃらくさいことをいたしますもので。

「人のいないこんな時こそ、早業で清十郎と逢えるかも」と気のつくことなど、素人娘なんぞの思いつくことじゃございません。

お夏だけが残っているのに気づいた清十郎が、むらむらした思いに息はずませて松の茂る後ろ道をまわりこっそり近づくと、案のじょう手招きするお夏のすがたが目に入ります。あっ、という間もあったもんじゃございません。ご両人は髪の乱れもかまわず物も言わず、鼻息だけはせわしなく、胸をどきどきさせつつしっかと抱き合います。ところが兄嫁こわさに幕の合間からは目を離さなかったものの、さすがに後ろはまったく注意およばず……。おもむろに起き出してみると、荷物を下ろした木こりが鎌をぎゅっと握りしめ、もう片方の手はふんどしに押し当てて動かしながら「うっふん♡」とした顔つきで気持ちよさげにコトのなりゆきを観賞していたとか。ほんとう

11　荘周（荘子）が夢で蝶になったという『荘子』「斉物論篇」の故事。謡曲「胡蝶」にもこのエピソードが見える。

に、頭隠して尻隠さずとはこういうことでございますな。

獅子舞は清十郎が幕の内から出てきたのを見てとると、見せ場の途中で止めてしまい、女たちはすっかり興ざめしてしまいました。未練が残るのはやまやまですがすでに山々には霞が深く、夕日がかたむく頃になりましたので、一行は荷物をしまって姫路への帰途につきます。心なしか、男を知ったお夏の腰つきが胸騒ぎを覚えるぎこちなさではございましたが（「胸騒ぎの腰つき」とやらいう歌がございますとおり……）。

後に残った清十郎が獅子舞の役者に「今日はご苦労、ご苦労」と言うのを読者（あなた）が聞けば、この太神楽は清十郎がお夏に会うため仕組んだものであることがおわかりでしょう。いかにかしこき神様でもご存じありますまい。ましてや、浅智恵の兄嫁などがどうして知る由がございましょうか。

状箱（しょうばいどうぐ）は宿に忘れた男

乗りかかった船と申しますが、「こうなったからには上方へのぼって一緒に暮らそう。貧乏所帯でも二人ならやっていけるから」と思い立ち、お夏を盗み出した清十郎は、姫路飾磨[12]の港から大坂行きの便船に乗ろうと夕暮れのなかを急ぎます。取るものも取りあえず旅支度をし、浜辺のわびしい小屋で船を待っておりますと、お伊勢参りの人もあり、大坂の小間物売り、奈良の名産 鎧売り、醍醐寺の山伏、奈良高山名物茶筅売り、丹波名産蚊帳の行商、京の呉服屋、鹿島の事触れ[13]もおり、「十人よれば十国の者」のことわざどおり、多くのお国柄が乗り合うのもおかしゅうございました。

船頭が声高に、

「さあさあ、船を出します。みなさまのご安全を祈って、住吉さまへお賽銭を」

と、銭集めの柄杓を振りながら乗客の数を数えますので、酒を呑む者も呑まぬ者も七文ずつの割り勘で酒肴代を出します。もちろん燗酒なんぞはなく、客たちは小桶から直接汁椀で酒をすくい、飛魚の干物をむしった肴でとりあえずほろ酔い気分。

12　兵庫県姫路市南部の地名で、江戸時代から港として発展。

13　茨城県の鹿島神宮のお告げと称して吉凶を触れ歩いた下級神職で、江戸時代では物乞いの一種。

船頭は、

「みなさまのおかげで、追い風でござる」

と、帆を八分目に張りました。すると、港を出て早や一里あまりも行ったところで、備前(びぜん)からの飛脚(ひきゃく)がはっと手を打って言いますことには、

「しまった、忘れ物だ。刀にくっておきながら、状箱(しょうばいどうぐ)[14]を宿に置いてきてしまった」

間抜けな飛脚は磯の方を見て、

「ああそうじゃ、仏壇の脇に立てかけておいたのだ」

と大きな声でがなります。

「その声が岸に聞こえるものか。しっかりしろよおまえさん、ちゃんと金玉があるか」

と船中の人々が口々にわめくと、この飛脚、慎重に探ってみて、

「おおもちろん、ちゃんと二つございますとも」

ととぼけたことを申します。みなは大笑いして、「こういう馬鹿なやつだからしょうがない、船を戻してやりなさいよ」というので、船頭は舵を取り直しようやく港に戻

ります。

「今日の旅は巡り合わせの悪いことだ」と腹立たしいお夏と清十郎を乗せて、船がようやく岸に着きますと、但馬屋からの追っ手の者があちらこちらで立ち騒いでおりました。「もしや、この船に乗っているのではないか」と乗客を改めますと、お夏清十郎はさすがに隠れる暇もなく、「ああ悲しい……」というばかり。あわれを知らぬ追っ手どもは、ふたりの声を耳にも入れず、お夏は駕籠に押し込め厳しく監視をいたし、清十郎には縄をかけて追い立てながら姫路に帰って行ったのでございます。ふたりのこれ以上ない嘆きの様子を見たどなたさまも、同情せぬ人はありませんでした。

清十郎はその日から座敷牢に入れられ、つらい仕打ちにあうなかにも、我が身はどうなってもよいという風情で「お夏は、お夏は？」と口走っておりました。

「あの飛脚めが状箱を忘れずにいたら、今じぶんは大坂に着いていたはずだ。高津[15]あたりの静かな部屋を借りて年寄った手伝い女を一人雇い、まず五十日くらいは夜昼か

14　距離の単位で、一里は約三・九三キロメートル。
15　大阪市中央区の地名で、閑静なことから密会に部屋を貸す小家が多かった。

まわずお夏とみっちり抱き合って過ごそうと約束していたのに、すべてがだめになったとはなんとくやしい！　ああ、誰かおれを殺してくれ。一人でこんなところにいたら一日が耐えがたいほど長いんだ。もう生きているのが嫌になった」

いっそひと思いに舌を嚙み切って死のう、と目を固くつぶったことは数え切れませんでしたが、いまだお夏に未練がありすぎて、

「あと一度だけ、最後の別れにお夏のきれいな顔を見たいものだ……」

と、恥も人のそしりもわきまえず男泣きする清十郎でございました。これを見た番人はさすがに清十郎に同情を禁じ得ず、こっそり励ましたりして日はすぎていったのです。

お夏も同じく清十郎恋しさを嘆きわび、七日の間断食をして祈願状を書き、室津にあります室の明神さまへ（覚えておいででしょうか、室津は清十郎の生まれ里ですから）清十郎の命乞いをいたしました。するとあら不思議、その夜中すぎばかりでございましょうか、老翁姿の室明神がお夏の枕上にお立ちになり、まことに霊験(れいげん)あらたかなお告げをなすったのでした。

「娘御(むすめご)よ、わしの言うことをよう聞け。だいたい、人間どもは自分の身が悲しいと

きはいたって無体(むたい)な願い事をするものじゃが、明神だからというてほいほい思うようにはならぬわい。いきなり福徳を祈ったり、人の女と仲良うなったら憎い旦那を取り殺してくれだの、雨降りを天気にしたいの、低う生まれついた鼻を高くしてほしいのと、そんな都合のよい願い事なぞとてもかなうものではないのに、神ほとけに祈ればなんとかなると思うてやっかいをかけよるわい。この間の例祭に参詣(さんけい)したやからは一万八千十六人もおったが、どいつもこいつも大きな欲をかいて祈らぬ者はおらなんだ。その願い事を耳にするだに馬鹿らしいが、賽銭を投げてくれるのだけは嬉しいので、明神の役目と思うて聞いておったのじゃ。この参詣者のなかにただ一人信心深い者がおった。高砂の炭屋に奉公する下女じゃが、願い事はせずに『元気に暮らして、またお参りしましょう』と拝んで立ち去ったが、すぐに戻ってきて、『わたしにもよい夫を持たせてくださいましよ』と申す。『それは縁結びの出雲大社に頼め。こちらはあずかり知らぬことじゃ』と言うたのじゃが、聞こうともせずに行ってしもうた。そなたも親、兄の言うことを聞いて夫を持っておれば、こんなことにはならずにすんだのに、恋に魂を抜かれたせいで自分もつらい思いをするのじゃ。命を惜しまぬそなたは生きながらえ、命を助けたいと願う清十郎には死が待っておるぞ」

お告げをありありと夢に見たお夏は悲しく、目を覚まして心細くなり、泣き明かしたのでございました。

誰もが想像しておりましたとおり、清十郎は座敷牢から召し出されましたが、身に覚えのない詮議にあいました。但馬屋の内蔵にある金庫にしまわれていた七百両の小判が、いつのまにか失せていたからでございます。

「これは清十郎がお夏に盗み出させて、持って逃げたのに違いない」

と但馬屋の人々は言いふらしましたが、もとより清十郎はお夏をかどわかした罰で死罪となる運命ですので、小判のいいわけが立つはずもありません。清十郎は男の厄年二十五歳という四月十八日に、あわれその身をはかなくしたのでございました。その様子を見ていた人々は、

「なんとはかない世の中でしょう」

と、村雨に降られた夕暮れのごとく濡れに濡れた袖の涙をしぼって悲しんだのでした。

そののち、六月のはじめに虫干ししたところ、金庫にあったはずの例の小判七百両が、車つきの長持というまったく別の場所から発見されたとか。

「物は念を入れてしっかり探さないとな」

とは、分別くさい親父の申しようでございましたが、さりとてもうどうしようもないことでございました。

命のうちの七百両の金

何事も知らぬが仏と申しますとおり、清十郎が亡くなったとは露知らぬお夏が物思いにぼんやりしておりますと、近所の子どもらが連れだっては、

「♪清十郎殺さばお夏も殺せ」

と歌うのが耳に入ります（二人のゴシップが早くも歌になっているのです）。お夏はその歌が気にかかってしょうがなく、育ての乳母（おんば）さんに清十郎の行方をたずねると、乳母は返事しかねて涙をこぼすばかり。

「さては清さま……」

清十郎の死を悟ったお夏は狂い乱れたそのあげく、自分から子どもの中に飛び入っ

て、

「♪生けて思いをさしょうよりも」（生きてつらい思いをさせるよりも）

と音頭をとって歌うのでございます。

まわりの女たちはお夏狂乱のさまを悲しく思い、あれやこれやと手段を講じて留めてみても止みません。やがてお夏は涙雨にくれ、しまいには、

「♪向い通るは清十郎でないか、笠がよく似た、菅笠が。ヤハンハハ」

とはやし詞に音頭をとってけらけら笑い、美しかった姿もいつしか乱れ狂い、外へ飛び出して行くようになったのです。あるときは山里で日が暮れてしまい、疲れて野に草枕の夢を結ぶ、というようなことをやっておりますうちに、お夏につき添っていた女たちもしぜんとふるまいがおかしくなり、のちにはみんな「普通の人」ではなくなっていったのでございました。

ところで、清十郎と長らくつきあいがあった人々は、「罰せられて死んだ者の墓は建てられないから、せめての供養に亡くなった跡を残しておこう」と言い合って、草ごみを染めた血を清めて屍を埋め、目印に松や柏を植えて、「清十郎塚」と呼ぶことにいたしました。まさしく、世の中のあわれというはお夏清十郎の一件でござい

ますな。

お夏は毎夜毎夜この塚へ通いまして、清十郎の菩提を弔ううちに、ある夜、生前に変わらぬ清十郎の姿をまざまざと目にしたと言い張ります。お夏の塚通いは日を重ね、清十郎の百カ日にあたるとき、お夏は塚の露草(つゆくさ)に腰を下ろし、守り刀の脇差(わきざし)を抜いてはや露と消えようとしましたが、お夏に従っていた女たちはそれをなんとか引き留めてこう申しました。

「いまご自害されても何にもなりません。もしお夏さまの志がまことのものであるならば、髪をおろして極楽浄土へ行けぬ清十郎さまの弔いをなさることこそが菩提の道でしょう。わたしたちも出家いたします」

お夏は心を落ち着かせ、女たちの本心を察しまして、

「どうなれとも、お指図に従いましょう」

と正覚寺(しょうがくじ)[16]とやらに入ってお坊さまを頼り、美しい夏衣をまとった十六歳はその日より墨染衣(すみぞめごろも)へと様を変えました。朝には谷の水を汲み、夕には峰の花を手折(たお)りという

16　未詳だが、「正覚」は「正しい悟りを開くこと」という仏教語で、寺名としてはよくあるもの。

毎日の修行はもちろんのこと、夏修行では毎晩掌の上で灯心をともす苦行をおこない、お経の読誦も怠らず、ついにはありがたい尼僧となったのでございました。比丘尼姿のお夏を見る人は、その神々しさに心を打たれ、「これは、昔から伝え聞いていた中将姫[17]の再来に違いない」と掌を合わせます。さすがにお夏の実家、但馬屋も発心をいたしまして、無実の罪をきせてしまった七百両を寄進して清十郎を弔ったとのこと。

お夏清十郎の事件は二十数年前の出来事でございますが、いまは上方で芝居に作り、遠い国の村々里々まで広く二人の名が知られております。大坂に新しく造られました新川の名にかけて、これこそ新たな恋の物語、二人の思いを舟に乗せれば川のうたかたのごとく消え果てゆく、あわれお夏清十郎ご両人のお話は、これにておしまいでございます。

17　奈良時代、十六歳で当麻寺（たいまでら）に入って尼になり、極楽往生を遂げたと伝えられる伝説上の女性。

巻二　情にまどう樽屋の物語

恋に泣く涙の井戸替え

人の身は限りあるものでございますが、恋は尽きぬものでございます。世のはかなさはおのが手で仕立てる棺桶のようなもの、世を渡るためにと毎日錐や鋸でせわしくトンカチやっておりますと、鉋屑から立ち上る煙も命のようにはかなく感じられます今日この頃、「難波潟短き葦のふしの間も」と和歌に詠まれた大坂は天満の粗末な家に、樽職人の男が住んでおりました。

さて、樽職人と同じ村の生まれの女がありまして、日焼けもしない耳の付け根が白く、農村にはめずらしい土仕事に染まらぬ足でございましたが、十四歳という大晦日に親が年貢の三分一銀[1]を払われず、裕福な家に腰元奉公[2]することと相なりました。月日を重ねますます生まれつきの気働きがきき、ご隠居様への心遣い、奥様の機嫌取りが上手で、そればかりかどのような奉公人にも悪く思われることはありませんでした。

そのうちに、金庫の貴重品の出し入れまで任されるようになり、「この家におせんという女がいなくては回らない」とまでいわれ、誰もから慕われるようになったのは、ひとえに当人の才覚ゆえでございました。

しかしながらこのおせん、男女の情愛というものにまったく興味を示しませんで、これまでずっと独り身でもったいなく夜を明かしておりましたのです。ちょっと袖や褄を引いて口説こうとする男には、遠慮会釈なく「おやめください！」と大声を出しますので、男たちは失敗を恥じ入り、もうおせんにちょっかい出す者はいなくなったのでした。「それはちょっとやりすぎでは」と言う人もありましょうが、人の娘たるもの、これくらい身持ちが堅くなくちゃいけませんな。

さて、秋のはじめの七月七日、七夕のこと。上つ方では、裁縫上達を願うため織姫様に仕立て下ろしの小袖を七つ取りそろえ、左が上になるよう右から順に「雌鳥羽」に重ねて、習慣通り梶の葉にありふれた古歌を書いてお祀りされておりますが、下々

1　田畑の年貢の三分の一を銀に換算して収める税法。
2　主人の身辺の雑用をおこなう侍女。

の家でもそれなりに、七夕にはつきもののまくわ瓜やら枝つき干し柿やら食い物ばかりをかざるのもまあ風情あることと申しましょうか。この日にはまた井戸をさらえてきれいにするのが習いで、どんな横町や借家でも、一軒から必ず一人手伝いを出して大家の井戸を掃除することになっておりまして、今日はことに珍しいその日なのでございます。

井戸の濁った水を底が見えるまで汲み上げてみますと、砂のあがってくるのにまじって、いつでしたか「なくなった」と人が疑った包丁も見つかり、ほかにも人形に切った昆布に針をさしたものなんぞもあって、これははて、いったい何のためにしたものでございましょう（人形に針、といえば口にするのがはばかられますな……）。まだまだ探すと、財布に入れる銭形のお守りに目鼻がとうに消えてしまった人形、田舎向けの安っぽい刀の目釘の片方、継ぎはぎだらけのよだれかけなど、雑多ないろいろがあがって参ります。蓋のない外の井戸というものは何が沈んでいるのかわからず安心できるもんじゃございません。

だんだんと水の湧口の近く、一番下まで汲み干しますと、前の古い合釘がはずれて樽がこわれておりましたので、あの樽職人を呼び寄せて、樽を留めている竹の輪を新しくすることにいたしました。

樽屋が仕事をしているそばをちょろちょろ流れてゆく水をせきとめて、腰のまがった婆様が小さな生きものをいじくっておりますので、「それは何です」と樽屋がたずねると、婆様は「これは、今汲み上げた井戸を守るいもりというものですよ。おまえさんはご存じありませんか。これを竹の筒に入れて黒焼きにして思う相手の髪にふりかけると、向こうから好いてくれるようになるんですよ」と、さもありそうなことを講釈ぶったのでございます。

この婆様、もとは大坂の夫婦池（めおといけ）のこさんと言い、子堕ろしを専門にしておりましたが、

「この頃はご禁令で商売もあがったり、今はむごい仕事を辞めて精進物（しょうじんもの）のそうめんの粉を碓でひく内職でその日暮らしの老い先短い命をつないでいるものの、人の世の無常を表す寺町の夕方の鐘も心に響かないし、浅ましくいやしいなりわいのわが身の因果はわかっているけれど、行く末を考えるだに恐ろしいことで……ブツブツ」

などとくどくどしゃべりますが、それはまったく樽屋の耳に入らず、いもりの黒焼きで恋がかなう方法ばかりを真剣に訊いて参りますので、こさんは自然とかわいそうに

なりました。

「人には必ず内緒にいたしましょう。おまえさんの思い人はどなたですか」

と言うと、樽屋は我を忘れて語り始めましたが、もちろん思い焦がれる人のことを忘れるはずはございません。

勢いに任せて樽の底をたたきながら口に出しましたことには、

「その人は遠くにいるわけじゃありません。この家の奥勤めの腰元のおせん、ああ、あのおせんは、何度手紙をやっても返事してくれないんだよ」

涙ながらに語りますと、このこさん、知ったふうに深くうなずき、

「それならいもりなんかいりません。わたしが橋渡ししてこの恋をまとめ、すぐにおまえさんの思いをかなえてあげましょう」

と気やすく請け合いました。樽屋は驚き、

「不景気な世の中だから、もし金のいることなら残念ながら無理ですよ。もし金があったら惜しいことなんかないんだがなあ。代わりにといえば何だが、正月に好みに染めた木綿（もめん）の着物一枚、盆に奈良のさらし布の適当なやつを内々のお礼とするのはどうだろう。これで話をまとめてくれるのなら……」

と頼みますと、こさんは、

「そんな金目当ての仲人じゃありませんよ。わたしがおせっかいをやくのは金など関係ないのです。相手を惚れさせるにはとっておきの秘伝がありますのさ。これまで数千人も縁結びをしましたが、うまく行かなかったことなどありません。九月九日の菊の節句までには逢えるよう段取りいたしましょう」

と言いますと、樽屋はいよいよ胸の内に恋の炎が燃え上がりまして、

「ありがたい！　おばさまの一生分のお茶の薪は、わたしがお世話しますよ」

と約束いたしますが、人がどれだけ長生きするのかわからないこの浮き世に、いくら恋のためとはいえ安請け合いしてしまったのは笑止千万でございました。

踊りの輪はくずれて、夜更けに出る化物

天満には七つの化物が出ると申します。大坂三十三カ所の一つ、大鏡寺の前に出

る傘火、曽根崎の天満宮の手なし児、曽根崎の逆さま女、十一丁目の首しめ縄、川崎の泣き坊主、池田町の笑い猫、鶯塚の燃え唐臼。これらはみな、年を重ねた狐狸のしわざでございましょう。しかし、狐や狸より本当に怖いのは人間でございます。なにしろ化けて人の命を取るものですから。

そうした恐ろしい人の心は、ただでさえ闇に迷いやすいものですが、闇なのも道理、事件が起こったのは七月二十八日の夜が更けた頃……。軒端を照らす灯籠の光もないところで「♪盆々々々も今日明日ばかり」と名残惜しそうに声をからす盆踊り（馬鹿踊り、とも申します）の連中も、ひとり、またひとりと家に帰ってしまいまして、四つ辻をうろつく野良犬さえ夢を見る時分のことでございます。例の樽屋に恋の仲介を頼まれたこさんは、おせんの勧める主人宅がまだ鍵を閉めていないことを確かめたうえ、戸をがたがたと開けて中へ駆け入り板の間へころがり込んでこう大声を上げたのでございました。

「ああっ恐ろしい！　えらいことじゃ。水をくだされ」

あたかも今にも声が絶えて死にそうな様子に見えましたが、息をしているのを頼りに声をかけ続けると、何ごともなかったかのようにけろりと正気に戻りました。

おかみ、ご隠居の婆様をはじめとして、口々に、

「何をそのように怖がっておいでですか」

とたずねると、

「わたくしごとですが、年寄りに似合わぬ夜歩きではありますものの、宵(よい)から寝ても寝つかれぬので、盆踊りを見に参りましたところ、鍋島(なべしま)様のお屋敷の前で、近頃流行(はや)りの京の音頭道念仁兵衛(どうねんにへえ)[3]そっくりの口まねをやっておりました。山くどき、松づくしなどの曲はしばらく聞き飽きず、大勢の男たちを押し分けて、団扇(うちわ)をかざして見入っておりました。闇のなかでも人はさすがによく知っていて、年寄りのわたくしが、白い帷子(かたびら)に黒い帯を今風に結んでおしゃれしていてもだまされることはございません。ちょっとでも尻を触ろうとする男もおらず、『やはり女は若いほうがよいのじゃな』と、少しはもてていた昔のことが思い出されて口惜(くちお)しく帰ろうとすると、このお宅の近くで、年のほどは二十四、五の美男がわたくしにとりついて、『恋心が募るあまり、たった今思い死にしてしまいそうだ！　もうこの世には一日、二日の命しかない。そ

3　京都を中心に流行した「道念節(どうねんぶし)」の名手とされる音曲師。

れというのも腰元のおせんがつれないからだ。この執心はよそへは行くまい。この家の者を七日のうちに一人も残さず取り殺してやる』と言い終わらぬうちに、鼻高く顔赤く眼光る、まるで住吉のお祓いの先頭を行く猿田彦のお面のような怒りの姿と変じましたので、それにびっくり仰天して、ただただ恐ろしく、こちらへ駆け込んだのでございます」

と事の次第を語りますと、驚くみなのなかにもご隠居は涙を流しなさいまして、

「恋を忍ぶことは、この世にないわけではありません。せんももう縁づいてよい年頃、その男が定職についていて、博打や後家相手の色遊びもせず、まじめであれば、嫁に出してもよいものを、どこの誰ともわからぬ。その男が不憫じゃのう」

と口に出したので、しばらくみなはしーんと静まりかえってしまいました。

このように、このこさんは恋の仲介のはかりごとを巧妙にしかけたわけでございます。夜半になって、こさんは人に手をひかれて家に戻りまして、この後の仕掛けをたくらむうちに、東の窓から早や薄明かりが差す時分となりました。

隣の家からは火を起こす火打ち石の音がして、赤ん坊の泣き出す声もいたします。紙でこさえた安っぽい蚊帳の隙間から入り込んで来た蚊に夜通し食われ続けたのを恨

んで追っ払い、片手で腰巻についた蚤をつまみながら、もう一方の手で仏壇にしまい込んだばら銭を取り出して、朝飯用のつまみ菜を買うなどと、なんともせわしない暮らしのなかでも、南枕に寝茣蓙を敷いてだらだらと夫婦の語らいを交わすことは忘れちゃおりません。昨夜は、人が色事をつつしむ甲子の晩でもかまわず、いろいろ楽しんでいたのでございましょう。

ようやく朝日輝く頃、まだ身には沁まないほどの秋風が吹きましたが、こさんは病気療養の鉢巻きをして、枕から頭が上がらぬ重病人の風情をよそおい、岡島道斎という医者に往診を頼みます。薬代のあてもなく手づから煎じた薬湯が出来上がる頃、おせんが裏道から見舞いに参りました。

「お具合はいかが」

とやさしく尋ね、左の袂から瓜の奈良漬を半分、蓮の葉に包んだものを取り出して、束ねた薪の上に置き、

「たまり醤油がお入り用なら持ってきましょう」

と言いおいて帰るのを、こさんは引きとどめ、

「わたしはもう、おまえさんのために思いがけず命を捨てるはめになりましたよ。わ

たしには娘がいないので、死んだら跡は弔っておくれ」

と、古い苧桶の底から紅の織紐がついた流行遅れの紫の革足袋[4]一足と、中にしまっておいた三行半をちゃんと取り除けた継ぎはぎの数珠袋の二品を、「おせんに形見じゃ」と渡しましたので、おせんはすっかり信じ切って泣き出してしまいます。

「わたしに心を寄せる人がそれほどまでに思うなら、どうして恋の道をよく知るおまえさまに頼まないのでしょう。わたしへの思いをお知らせくだされば、いい加減なことはいたしませんのに」

と申しました。

　こさんは、しめしめよい塩梅だと一部始終を語って聞かせ、

「謡でよく『今は何をか隠すべし』と言うとおりですよ。どうして隠すことがあるものか。その方がかねがねわたしを頼みにされた恋の志の深さは、哀れとも不憫とも何とも言いようがないわいな。この方を見捨ててしまったなら、わたしの気持ちもただではすみませんぞ」

と、手慣れた口でうまく言いくるめ続けましたので、おせんもだんだんとその男に心が傾いて参りまして、頬をぼうっと赤く染めました。

「いつでもかまいません、そのお方にあわせてくださいませ」

と言いますので、こさんは喜んで約束して、

「密会(デート)にはうってつけの場所を考えましたよ」

とささやいて、

「八月十一日に伊勢へ一緒に抜け参り[5]をいたしましょう。その道中で結ばれて、いついつまでも愛(いと)しや、可愛やの寝物語をしみじみするのもいいじゃありませんか。しかも、いい男(イケメン)じゃぞ」

と、おせんの気をひくように申しますと、おせんも、まだ逢う前からその男をじりじり焦がれ、たたみかけるようにこうたずねます。

「その方、字は書けますか。流行りの髪型をしているかしら。職人だったら腰がかがんでいませんか。大坂を出た日は守口(もりぐち)[6]か枚方(ひらかた)[7]に着いたら昼から泊まって、蒲団(ふとん)を借り

---

4 染革などで仕立てた足袋。丈夫で汚れが目立たない。
5 親や主人、村役人などの許可を得ず、往来手形なしで伊勢神宮に参詣すること。
6 淀川下流にある大阪府中央部の地名。京街道の宿駅で、淀川水運の河港として栄えた。
7 大阪府東北部の地名。守口と同じく京街道の宿駅。

て早くその方と二人きりになりましょう」

と、いろいろと相談するうちに、仲居の久米の声で、

「おせんどの、ご主人がお呼びになっておられます」

と言うので、「では、十一日に」と示し合わせておせんは帰ってゆきました。


京の水ももらさぬ二人の仲、こっそり合(逢)い釘

「さかりの朝顔の眺めがすばらしい頃あいだから、涼しい朝に眺めればきっとひとしおだろうね」

と、前の日の宵から奥様がおっしゃいまして、母屋を離れた裏の垣根に腰掛けを並べ、花模様の毛氈を敷かせて朝顔の花見の準備をさせなさいます。

「重箱の菓子入れには焼きおむすび、そぎ楊枝と茶瓶を忘れるでないよ。朝六時には行水をするよ。髪は簡単に三つ折りに結って、着物は広袖で桃色の裏付きを出して

おくれ。帯は鼠繻子の丸づくし模様のもの、下着は白い飛び紋のにしよう。こうしていろいろ気をつけるのは、よその人から見えるからだよ。奉公人たちにも継ぎの当たっていない着物を着せなさいよ。天神橋の妹のところへは、いつも起きる時刻に乗り物を迎えにやらせなさい」

と、何ごともおせんまかせで、四隅についた鈴を揺らして上等の蚊帳にお入りになりました。奥様が寝入りなさるまで、腰元たちは交代しながら団扇で風を送ります。家の裏の草花を見るだけでもこんなもったいぶったこしらえをするのが、お金持ちってことでございましょうか。蚊帳からしてもこさんの家とは大違いでございますな。

この奥様だけじゃあございません。だいたいが、世の中の女というものは浮ついた派手好きでございます。そのうえ、亭主はいっそう奢って、島原の野風[8]、新町の荻野[9]という太夫二人を毎日かわりばんこに買い上げて、「北御堂へお参りに」というのが口実なのが丸わかりなのは、お寺参りに入り用の肩衣[10]は供の者に持たせて出かけま

8　京の島原遊廓にある大坂屋が抱える最上級の遊女。
9　大坂の新町遊廓扇屋が抱える最上級の遊女。野風とともに、西鶴作品にはしばしば名前が登場する。

すから。が、それももう朝一番の遊廓詣でに行ったと見えます。

そんなか、八月十一日の夜明け前に、例の横町のこさんの板戸をこっそり叩くおせんの姿がございました。「せんでございます」と言う間もなく、ざっとくった風呂敷包みを一つ投げ入れて帰ります。抜け参りの忘れ物はないかと心配になったこさんが灯火をともして見てみると、銀一匁を銭さしにつないだもの五つに、小粒銀が十八匁ほどありましたろうか。よく搗いた米が三升五合ほど、鰹節が一つ。守り袋に一対の挿し櫛、色々に染め分けた腰帯、白っぽい銀煤竹色の袷、扇流し模様の着馴れた浴衣、裏がほつれかけた木綿の足袋、それに緒のゆるんだ草鞋などが入っております。上等の加賀笠には「天満堀川」と墨痕鮮やかに書かれておりますのを、「こっそり参るのにこんな書き付けはよけいじゃ」と、汚れぬように墨を落としておりますと、戸口に人の気配がして、男の声が「おばさま、先へ参る」と言い捨てて行きました。

そのあと、おせんが緊張の余り身をふるわせながら「勤め先の都合はうまくつきました」とやって参りましたので、こさんは風呂敷包みを提げて人目につかぬ道を走りすぎ、「わたしもしんどいけれど、お参りのことだからおまえさま方について伊勢まで見届けてやりましょう」と言いました。するとおせんは嫌な顔をして、「お年寄りに長旅させるなどとんでもないことです。そのお方にわたしを引き合わせてくださったら、伏見から夜舟で大坂までお戻りなさいませ」と、すっかり邪魔になったこさんと早めにおさらばしようと気が焦るおせんでございました。気がせくままに二人して参りますと、京橋を渡りかかるとき、江戸から来た警固の武士が勤務交代をする「御番替わり」の豪勢な行列を見物しにきておりました同僚の久七が、おせんを見つけてしまいました。これはとんだ恋の邪魔者でございました。

「わたしも、日頃からお伊勢参りをしたいものだと思っていたが、ここでおせんどのと出会ったのは願ってもない道連れだ。荷物はわたしが持ちましょう。幸いに路銀は十分手元にありますから、おせんどのを不自由な目にはあわせませんよ」と親しげに申しますのは、久七もおせんをねらう下心があってのことでございましょう。こさんは顔色を変えて、

「女の道中に男連れとはとんでもない。人が見たら、何もない仲などとは思えません。

10　浄土真宗の門徒が読経の際肩にはおる衣。

また、伊勢の神様はことに男女の道をお嫌いになるから、神罰があたって世間に恥をさらした人のことはよく見聞きしております。けっしてけっして同行なさいますな」

と言うと、久七は、

「これは思ってもみないことをおっしゃいますな。また、わたしはおせんどのに気があるのではありませんよ。ただ信心からお参りを思い立ったことで……ほら、天神様[11]のお歌にありましょう、心さえまことの道にかなえば祈らなくても神はお守りになりますって。その通り、わたしと本当の道連れになってもらえるならば、天照大神のご託宣のように憐れみを蒙ることでしょう。おせんどののお気持ち次第でどこまででもご一緒して、帰りには京へ寄って四、五日もゆっくりしましょう。ちょうど今時分は高雄の紅葉、嵯峨の松茸[12]もさかりでございますし。河原町には旦那さまの定宿はあるけれど、そこに泊まるのはいろいろやっかいなので、三条の西詰にこぢんまりした宿を借りて、こさんどのには本願寺へのお参りをさせましょう」

などと、久七はおせんを我がものにしたようなつもりになっているのでございます。

ようやく、暮れ難い秋の日も山崎[13]あたりで山の端に傾き、淀川堤の松並木をなかばほど行くところに、しゃれめかして人を待つ風情の男が、はこやなぎの根方に腰掛けているのが見えます。近づいて見れば、約束していた例の樽屋でございました。

目と目で不首尾の合図をしながら、このまま樽屋と前後して行くなどとは思ってもみないことでしたから、こさんは初対面のふりをして樽屋に声をかけ、

「あなたもお伊勢参りのようでござんすが、しかも一人旅。よい方のようですので、わたしたちと一緒の宿に泊まりませんか」

と申しますと、樽屋は喜んで、

「旅は道連れ世は情けとか申します。どうぞよろしく願いあげます」

と言いますと、久七はいっこうに合点のゆかぬ顔で、

「身元のわからない人が女の方と一緒に行くなど、ありえませんよ」

と申します。こさんはしみじみとした声で、

「神様は何でもお見通しになります。おせんどのにはあなたという頼りになる男の方がありますから、何ごともありますまい」

11 北野天神として知られる菅原道真。
12 高雄は京都市西北の紅葉の名所。嵯峨は京都市西部の地名で、松茸が名産品。
13 京都府乙訓郡大山崎町の地名。京と大坂を結ぶ交通の要衝。

とおべんちゃらを使い、旅立ちの日から同じ宿に泊まりました。こさんが樽屋に恋の思いを語らせるすきをうかがっておりますと、久七は注意を払って部屋の仕切り障子を取り外したり、風呂に入っていても首を伸ばして樽屋とおせんの方をのぞき見たりしておりまして、そのまま日が暮れますと、四人は枕を並べてやすんだのでございました。

あきらめきれない久七が、寝たまま手を差しのばして行灯の中の油皿を傾けそのまま消えるように細工をしますと、樽屋は枕近くの突き上げ窓の戸を押し上げて、「秋なのにこの暑さとはね」と聞こえるように申します。折りも折り、くっきり晴れ渡った月が四人の寝姿をあらわにいたします。おせんが嘘のいびきをかけば、久七は偶然を装って右の足をもたせかけます。それを見た樽屋は、あおぐふりして扇を取り出して拍子を取り、「恋はくせ者、みな人の……」と、芝居の『世継曽我』[14]道行きの段を語り始めますので、まるで寝られたもんじゃありません。

おせんは目を覚まして、寝物語にこさんに話しかけました。

「ほんとうに、女が子を産むくらいおそろしいことはありませんね。わたしも年季奉公が明けましたら、北野の不動堂に弟子入りして、後々は尼になろうと思っていま

こさんも夢うつつのままそれを聞き、

「そのほうがよかろう。とかくこの世は思うようにはなりませんからなあ」

と、身にしみるように申しまして、あたりを見ますと、宵に西枕で寝た久七は寝相が悪くて南枕になり、なぜかふんどしも解けているのは、いくら物詣での旅とはいえ不用心なことでございます。かたや樽屋は、アノ時用に蛤の殻に入れた丁字油に鼻紙を持ち添えて、くやしそうな顔つきでいるのがおかしいといったらありません。

夜の間は逢坂山の関をこしらえたようにお互いの恋路を邪魔しあっておりましたが、明くる日はその逢坂山から駅馬を借り、「三宝荒神」と申しまして一匹の馬に仕掛けを取り付け、男女三人が相乗りをして参ります。その様子ははたから見れば奇妙なものの、おのおの寝不足でくたびれていたり、またはおせんをとられまいとしてのことですので、人がどう思おうと知ったこっちゃありません。おせんを真ん中に、その両

14　「さりとても恋はくせ者、みな人の迷ひのふちや……」。近松門左衛門作の浄瑠璃「世継曽我」三段目「虎少将道行」の一節。当時、この段の口まねが流行した。

仕合

脇に樽屋、久七が乗りまして、久七はおせんの足の指先を握り、樽屋はおせんの脇腹に手をまわし、[15]こっそりいちゃつこうとする様子を見れば、おせんをめぐる男二人の心持ちが丸わかりでこっけいなものでございました。

だれもが本当にお伊勢参りが目的ではありませんでしたので、伊勢に着いても内宮(ないくう)や二見浦(ふたみのうら)へは出かけず、外宮(げくう)だけにちょっとお参りをしてかたちばかりのお祓(はら)いをしてもらい、土産に伊勢神宮の御幣(ごへい)と名産のわかめを手に入れまして、久七と樽屋は道中互いに見張り合ったまま、何事もなく京まで帰って参りました。久七が探してきた宿に着きますと、樽屋は立て替えの金をざっと精算いたしまして、

「このたびはたいへんお世話になりました」

と礼を言って別れました。邪魔者がいなくなった久七は、今はおせんを独り占めしたような顔で、おせん、こさんそれぞれに土産物を見つくろい、買ってやったのでございます。

久七は夜が来るのを待ちわびて、烏丸(からすま)のはずれの親しい人を訪れておりました。こさんはおせんを連れて「清水(きよみず)様へお参りに行ってきます」と言い置き、急いで宿を出て行きます。祇園町(ぎおんちょう)の仕出し弁当屋の簾(すだれ)に、樽屋の仕事道具の錐と鋸を描いた紙

が目印に貼ってあったところへおせんが入って行って中二階に上がると、そこには樽屋が待っておったのでございました。この先末永くという固めの盃を交わしまして、そののちこさんは箱階段を下り、「ああ、京は水がうまいというのう。さて、いただこうかしら」と、時間稼ぎに茶ばかり果てもなく飲んでおりました。この日にふたりは初めて結ばれまして、樽屋は昼舟便で大坂に戻りました。

こさんとおせんは宿に戻り、急に「これから大坂へ帰ります」と申しまして、「ぜひ二、三日は都見物をしておいでなさいな」ととどめる久七を尻目に、「いいえ、奥様に男狂いをしたなどと思われてはいけませんから」とさっさと出て行きます。「風呂敷包みは、ご苦労ですが久七どの頼みます」と言いますと、「肩が痛いので無理」と持ってもくれず、方広寺の大仏、伏見稲荷の前、藤森で休憩したときの茶代も奢ってもくれず、掌を返したようにつれないさまでございましたが、こうして三人は大坂に帰ったのでございました。

---

15 一人の女の体の一部を二人の男が取り合う趣向は、入水した男二人がそれぞれ女の足と手をつかむという『大和物語』第百四十七段を思わせる。

木っ端は燃える胸の焚きつけになる新世帯

「お伊勢参りをするならすると、わたしらに知らせてくれたなら、伊勢まで駕籠か、駅馬でお参りさせてやろうものを、物好きなことに抜け参りをして、この土産物はだれの金で買ったのだ。たとえ夫婦が連れだって参っても、その……そういうことはせぬものじゃぞ。よくもよくも、久七と二人連れでぬけぬけと帰ってきたものじゃな。久七や、参詣帰りのせんのために寝所を整えてやれ。せんは世間知らずの女のことじゃから、『知恵ない神に知恵付くる』というように、久七が余計な知恵を付けて自分の思いを知らせたのじゃろう」

久七とともに帰って参りましたおせんに、奥様はたいそうご立腹になり、久七がいくら申し開きをしてもまったく埒があきません。久七はやましいことがないのに疑いをかけられたので、九月五日の奉公人の契約更新の日を待たず暇をとり、そののちは北浜の備前屋という問屋に奉公しまして、八つ橋の長という蓮葉(はす)(は)女(おんな)[16]として奉公していた女を女房にいたしました。今では柳小路[17]で鮨屋をして暮らしておりまして、おせんのことなどすっかり忘れた様子です。まったく、人はみな移り気なものでございますな。

おせんは、とくに変わりなく奉公をいたしておりましたが、樽屋とのかりそめの逢瀬を忘れられずにおりました。昼夜問わずいつも上の空でぼうっとしておりますので、しぜんと身なりをかまうことも、女としてのたしなみも怠るようになりまして、姿形も乱れ、だんだんとやつれて参ったのです。

こうしているうち、明け方に鳴くはずの鶏が宵に鳴き声を上げ、何もしないのに大釜が腐って底が抜け、仕込んでおいた桶の味噌の味が変わり、雷が内蔵の軒に落ちたりと、不吉なことが続いて起こりました。これみな、自然に起こっても不思議はないことばかりですが、おせんのおかしな様子がみなに知れ渡っていたせいか、「おせんを恋い焦がれる男の執心のせいで、不吉なことが続くのだ。その男というのは、樽屋

16　宿泊客の世話をし、色も売る下女。
17　大阪市西区北堀江あたり。近くに遊廓があったので、鮨屋はその客を当て込んだ店か。

ではないか」と、誰が言うともなく広まった噂が主人の耳に入りました。

「なんとかして、おせんをその男に嫁がせよう」

と、横町のこさんを呼び寄せ相談いたしますと、こさんはわざとじらせて、

「常々おせんは、結婚するなら職人はいやだと申しておりましたので、この縁談をまとめるのは難しいかと……」

と申します。

「それは勝手な好き嫌いじゃ。とにもかくにも暮らしてゆければそれで十分ではないか」

主人はいろいろと意見をして、そのあげくこさんを樽屋に遣わして結婚の約束を認めさせました。そしてすぐにおせんの着物の袖を留め袖にして一人前の女房姿になし、お歯黒を付けさせ、よい日よりを選んで白木の長持一つ、小さな葛籠を一つ、紙貼りの安手の挟み箱一つ、奥様のお下がりの小袖二つ、布団、茜縁の蚊帳、流行遅れの被衣[18]など、とりあえずかき集めた二十三品に、持参金の銀二百目[19]をつけて嫁入りさせたのでございました。

すると、おせんと樽屋は気性がよく合ってうまくゆきまして、夫は「正直の頭に神

宿る」という諺通り真っ正直に仕事に励めば、妻は染め糸で縞を織る織物をならい、二人して毎日稼ぎ暮らしましたので、収支決算をいたします盆前や大晦日にも支払いを滞ることはなく尋常に世を渡っておりました。おせんはことに夫を大事に扱い、雪の降る日、風の強い日は冷めないように飯びつを布でくるみ、暑い夏は枕元から扇で風を送り、夫が留守のときには宵から戸締まりをしっかりして、決して別の男に目移りすることもありません。口を開けば「うちの人が、うちの人が」と嬉しそうに言い、やがて年月を重ねまして仲のよいままに子を二人授かり、いまだに夫のことばかり思うおせんでございました。

しかし、どのような女でも、女というものは移り気なものでございまして、浪漫的な色恋物語に夢心地となり、道頓堀の芝居小屋にかけられる歌舞伎を真実のものと思い込んで、いつなんどきでも心を迷わし、天王寺の花見や谷町筋の観音堂の[20]

18　外出の際、顔を隠すためかぶる単衣の着物。
19　大坂では、貨幣としての銀の価値を銀の重さを計る単位である「銀目」で表していた。
20　大阪市中央区谷町六丁目にあった藤の名所「藤棚観音」。『曽根崎心中』には大坂三十三観音の十六番「和勝院」として見える。

藤の盛りに出かければ見栄えのよい男に心ときめかせ、帰ってくれば、所帯を担う夫を嫌がるものでございます。これほど道理のたたないことはございません。外の男に心を奪われた女は、節約する心がけを捨て、ぼうぼう火を焚きっぱなしの竈もかまわず、塩が湿気て溶けていたり、無駄に火をともしたりするのも気にしなくなってしまい、生活が苦しくなって、ついには夫から離縁されるのを心待ちにするといったありさまです。このような夫婦の間柄というものは、なんとなんと恐ろしいことでございましょうか。夫と死に別れたならば、七日もたたないうちに再婚しようとし、離縁されたなら五度も七度も祝言をあげるといった町人たちのありようはまことにあきれたものです。武家や公家では、まったく考えられぬことでございます。

上流階級の女の一生というものは、たった一人の夫に身をまかせ、夫と死別や離別したならばいくら若くとも河内の道明寺や奈良の法花寺といった尼寺で出家することもございます。それなのに、どうしてか間男をする女は世間にたくさんありまして、夫も噂となるのを嫌がり、何の始末もせず実家へ返したり、あるいは、間男を見つければ、さもしいことに金の欲にとらわれて相手から慰謝料をとり示談扱いですますなど、手ぬるく命を助けることをいたしますから、こういった不倫はなくなることがないのでございます。この世には何でも見通す神があり、悪いことをすれば必ず報いがあるもので、隠しても知られてしまうものなのです。ほんとうに恐れるべきは、道理に沿わない男女の道というものなのでございます。そう、おせんもまた、その道に陥ってしまうのでございました……。

木屑の杉楊枝と同じく短い、一寸先の命

「☒来る(きた)十六日に、粗末ながら法事の膳を差し上げたく存じます。お忙しいこととは存じますが、お運び下さるようお願い申しあげる次第です。町衆、みなみな様へ。麹(こうじ)屋長左衛門(やちょうざえもん)」

　長左衛門が思いますことには、

「世の中、年月が早く過ぎるのはまるで夢まぼろしのようで、亡くなった親父(おやじ)さまも五十年忌となった。わたしも無事これまで生きてきて、弔いができたことはまことに

嬉しい。古人が、『五十年忌を迎えると、朝は精進しても暮れになると魚類を食べて謡や酒盛りをし、その後はもう法事はしないこと』と申し伝えているので、このたびの法事が最後となる。となれば、少しばかり張り込んで、万事その用意をしよう」ということで、準備に励んでおります。日頃から付き合いのある近所の女房たちも手伝いに集まり、椀や膳一式、壺皿、平皿、深めの小皿、台つきの浅皿などなどまで用意して、それぞれ拭いて棚に重ねて置いております。

樽屋の女房おせんもまた、日頃麹屋と付き合いがあるものですから、

「台所をお手伝いいたしましょうか」

とやって参りましたので、かねてからおせんが気働きできそうに見えましたので、

「あなたは納戸に置いてある菓子を組み合わせて盆に盛り付けてくださいな」

と頼みました。おせんが手元の菓子類を見比べて、饅頭、干し柿、舶来の胡桃、落雁、榧の実、杉楊枝をざっと取り合わせてみているところへ、亭主の長左衛門が棚から入れ子鉢を下ろそうとしておせんの髪の上に取り落としてしまいました。美しく結った髪があっという間に解けてしまいましたので、長左衛門が

「これは悪いことをした」

と申しますと、

「全然かまいませんよ」

とおせんは髪をぐるっと巻き上げてかんざしで止め、そのまま台所へ出て行きました。

それを見とがめた麹屋のおかみは不審に思い、

「あなたの髪はさっきまできれいに結ってあったのに、納戸で急に解けてしまったのは、いったいどういうことかしら」

と申したのでございました。

おせんは不審がられる身の覚えがございませんでしたので、顔色も変えず、

「旦那様が棚から道具を取り落とされ、わたしの髪の上に落ちてしまいましたのでこうなったのです」

と、ありのままを申しましたが、おかみはまったく納得いたしません。

「そんな都合よく昼間に棚から入れ子鉢が落ちることがあるものか。ふしだらな七つ鉢[21]だこと。枕をせずに激しいコトを行うと、結い髪が解けるのは当たり前というもの。

21　七つの鉢を入れ子にした器だが、「鉢」には女性を暗示する性的な意味がある。

夫もとっくに年寄りのくせに、親の法事の最中にしてよいことと悪いことがある」と、人が苦心して盛り合わせた刺身を放り出し、何かにつけて丸一日このことばかり言いつのりますので、人も聞き耳を立てずにはおられず、法事はすっかり興ざめになってしまいました。

これほど嫉妬深い女を女房にしておりますのも、その男の悪いめぐりあわせでございましょう。おせんはとまどいながらおかみの愚痴を聞いておりましたが、「考えれば考えるほど、おかみさんの焼きもちは憎たらしくてしょうがない。『とても濡れたる袂(たもと)なれば』という諺があるように、いったん疑いをかけられ濡れ衣(ぎぬ)を着せられたならもうしようがない。長左衛門を口説き落として、あの焼きもち女に仕返しをしてやろう」と考えるようになり、長左衛門に恋をしかけ、まもなく二人は両思いに。こっそり申し合わせては、密会の機会を狙っておりましたのでした。

そしてついにやって参りましたのが、貞享二年正月二十二日[22]の事件当日の夜でございます。恋の行方はまるで福引きのよう、新年の女子(おんなこ)どもの楽しみの福引き大会の賑わいは夜更けまでざわざわとしておりまして、当たらぬままに帰る者もあり、当たってもなお遊ぶ者もあり。我知らず鼾(いびき)をかいている者もいます。そんな賑わいのなか、樽屋の家の灯火は消えかかり、夫は昼間の仕事の疲れで寝込み、鼻をつままれてもわからないような様子でございました。老いらくの恋に夢中の長左衛門は、おせんが帰る後をつけ、

「いつまで待たせるのだ。約束は果たしておくれ」

というのをおせんは断り切れず、仕方なく家に長左衛門を引き入れてしまいました。後にも先にもこれが初めての逢瀬というとき、男と女が褌（ふんどし）、腰巻を解き終わらぬうちに樽屋が目をさまし、

「ああーっ、これはどういうことだ。逃がさんぞ」

と大声を上げますと、長左衛門は着ているものをすっかり脱ぎ捨て褌一丁のままびっくり仰天して、はるか離れた藤の棚[23]の知り合いのもとへ命からがら逃げ延びました。

おせんは、「これはもうだめ」と覚悟を決めて、鉋（かんな）で胸元を刺し通し身を捨てたのでございます。そののち、おせんの亡骸（なきがら）は相手の長左衛門とともに姦通の罪で同じ刑

22　一六八五年。

23　大阪市中央区谷町筋にある観音堂付近に住む知り合いを指す。藤の花の色が「紫のゆかり」（知り合い）へとつながる。

場にさらされたのでございました。そしておせん長左衛門のその名前は、さまざまなはやり歌に作られ、遠い国まで伝えられたということです。悪事が天罰を逃れるということはできないものでございます。なんと恐ろしい世の中でありましょうか。

巻三　吉凶占う暦屋物語

関守がする美女の品定め

天和二年[1]の暦によりますと、正月一日の書き初めは万事よろしく、二日は新年初めて男女が枕を交わす「姫はじめ」によし、と書いてあります。姫はじめ、けっこうでございますな。せきれいが長い尾を振り立てて恋の手立(ぞ)てを教えたと伝わる神代(かみよ)の昔から、男と女の情事(いろごと)が止んだためしはございません。

さてこれは、暦作りの大元締(おおもとじめ)であります大経師(だいきょうじ)の美しい妻のお話でございます。その女は恋の噂が続けざまに立つほどに京の都の男たちが思いを寄せる美しさ、たとえるならば夏の祇園会(ぎおんえ)に出る月鉾(つきほこ)の月を思わせる三日月形の眉に、姿形は春の清水(きよみず)にひっそりと咲き初める桜の風情を思わせ、唇は秋の高雄(たかお)の紅葉(もみじ)と色を競う艶(あで)やかな女盛りでございました。豊かな商い人の住む京の繁華な室町通り、当世流行(はや)りの衣裳もさまざまに注文をつけて仕立てあげ着飾るさまは女たちの位(カースト)のてっぺん、この広い京でもこんな様子のよい女はおりますまい。

さて、人々の心も浮き立つ春が深まるにつけ、安井門跡[2]に咲く藤は来迎の紫の雲を思わせ、常盤の松でさえ顔色を失うばかり。黄昏時の人混みのなか、東山には大勢の美人の姿が山盛りでございました。

そんな折々、洛中に隠れもない遊び仲間の四天王と呼ばれる男たちがおりました。その姿は人並み優れてよく目立ち、親の金があるに任せて、元日から大晦日に至るまで一日たりとも遊里遊びをしない日はございません。昨日は京の島原で唐土、花崎、薫、高橋という有名どころの太夫を挙げ、今日はといえば四条河原の竹中吉三郎、唐松歌仙、藤田吉三郎、光瀬左近などの役者をひいきにし、昼も夜も男色女色も問わずさまざまに遊び歩いておりましたが、芝居がはねる頃から松屋という水茶屋に流れて、

「今日ほどたくさん女が出歩くときはないだろう。もしかしたら、女には目の肥えた

---

1 一六八二年。

2 京都市東山区にあった寺院で、現在は境内鎮守の金比羅宮が残る。「黄昏の藤」と呼ばれる藤の名所。

俺たちでもびっくりするような美女がいるかもしれないな」

と、気の利いた役者を美女鑑定役に仕立てて、夕方に安井の花見帰りの女たちを待っているというのは、また変わった楽しみ方というものでございますな。

ところが、ほとんどの女は乗り物の中でございまして、まったく顔を拝むことができないのが残念至極。そんなところにそぞろ歩きの女たちの一群れがやって参りましたが、ひどい者もいない代わりにこれぞという者もありません。

「とにかく、いい女だけを描き写せ」

と、硯、紙を取り寄せ写させることにいたしました。

年のほどは三十四、五と見えて、首筋がしゃんと伸び、目がぱっちりとして、額の生え際がほどよく整っていて、鼻がやや高すぎだがまあ許せる範囲の女がやって参りました。着物はなめらかな白絖の肌着、浅黄の中着、上着は樺色で、高価な大和絵で左の袖には兼好法師が灯火の下で文を読んでいる『徒然草』の一章段が描かれているところなど、さすがと思える高尚な趣味が見てとれます。帯は天鵞絨で市松模様を織り出したもの、お公家やお武家がお使いになる被衣の着こなし方も板について、薄紫色の絹足袋に三筋緒の雪踏で音も立てずに歩くときの色っぽい腰つきに、「あの亭主が羨ましい」と男たちが見とれていると、お付きの者に何か言おうとして口を開けば下の歯が一本抜けておりましたので、あっという間に恋心が醒めてしまいました。

そのすぐ後からやって来た、十五、六くらい、七にはなるまいと見える娘は、母親らしいのが左に、右には墨染衣(すみぞめごろも)を着けた屁負比丘尼(へおいびくに)[4]が従って、多くの下女や下男をお供(とも)に厳重に警護されながらやって参りましたので、「さては、嫁入り前の娘か」と思いきや、お歯黒をつけて眉を落とした亭主持ちでございました。丸い輪郭で目には利発さが表れ、耳のつきようが愛らしく、手足の指はふっくらして、肌がきめ細かく色白の美形でございます。着物の着こなしもまた格別に趣味がよく、下に黄無垢(きむく)、中には紫の総鹿子(そうがのこ)、上には鼠繻子(ねずしゅす)に百羽雀(ひゃくばすずめ)[5]のアップリケを施し、段染(だんぞ)めの幅広い帯を胸開き加減に締めて、仕草もよく、塗笠(ぬりがさ)に裏打ちして千筋(ちすじ)のこよりの緒を付け、笠の内にちらっと見えた風情がことさら美しうございましたので、男たちがいっせいに注目いたしますと、顔の脇に横七分(ぶ)ほどの傷痕があったのでございます。生まれついて

3　三本の色違いの紐で編んだ鼻緒。
4　良家の妻や娘に付き添い、過失があれば自らが罪を負う尼。科負比丘尼(とがおいびくに)とも。
5　原文は「きりつけ」。模様を切り抜いて縫い付けた装飾。

の傷とは思えず、「さぞや小さいときの乳母を恨んでいるだろうな」と、男たちはみな笑って女を通してやったのでございます。

その次には、家で織った粗末な木綿の着物を着た二十一、二ほどの女がやって参りました。風が吹くと、継ぎはぎだらけの着物裏がまくり上げられて、まことに恥ずかしいばかりでございます。帯は羽織を仕立てた布の余りらしく、哀れなくらい細く、それしか持っていないんでしょうが着ているものとちぐはぐな紫色の革足袋に左右揃わぬ奈良産のわら草履を履き、くず繭で作ったかぶり物からのぞく髪は、いったいいつ梳いたかと思われるほどだらしなく乱れたものをちょっとまとめただけ。それをとくに気にする様子もなく、一人で楽しげに歩いて行くのを見ると、目鼻立ちは何の不足もない美形でございます。「世の中には生まれついての美人があるというもんだ」と皆々見とれ、「あの女にもっとよい身なりをさせてみたら、きっと誰もが夢中になるだろうに。ままならないのは金だなあ」と哀れに痛ましく思えまして、その女が帰っていったあとをこっそりつけさせたところ、「誓願寺通り[6]の末に住んでいる、葉煙草切りの女でした」という知らせでございました。男たちは女の境遇を聞いて、煙草だけに胸にくすぶる思いの煙を消しがたく思ったのでございました。

その女に続いてやって来た二十七、八の女は、なんとまあ豪華なこしらえでございます。三枚重ねた小袖（こそで）はみな黒羽二重（くろはぶたえ）で、裾からは紅裏（もみうら）がちらりとのぞき、金糸で刺繍された紋は身元がわからぬよう定紋ではなくデザインされた替紋です。帯は幅広な西陣の唐織り（からお）を前結びにし、髪は島田を平たく潰（つぶ）した玄人（くろうと）好みの結い方に髪飾りを施して、縁だけ染めた手拭いを頭に載せ吉弥好（きちやごの）[7]みの笠を、顔がよく見えるように浅くかぶっております。遊女の道中姿をまねる気取った歩き方を見て、男たちは、「おお、こういう女を待っていたのだ。みな、黙ってよく見ろ」と近づくのをじっと待っておりますと、連れている三人の下女たちそれぞれに一人ずつ子どもを抱かせておりますので、どうやら次々と年子を産んだようでございます。後ろから「おかあさま、おかあさま！」と子どもが騒ぐのを、聞こえぬふりしてすましておりました。「ああ子どもに騒がれると、さぞうっとうしいだろうな。おしゃれするのも子ができないうちだ」と、男たちは、その女が世をはかなんで出家してしまいそうなくらいの大声でわ

6　京都の三条通の一本南の通り。現在の六角通。
7　上方の名女形・初代上村（かみむら）吉弥が創案したもの。

めき、笑ったのでございました。

そうこうしておりますうちに、向こうからゆったりと乗り物でやって参りましたのは、いまだ十三、四歳くらいの若い娘でございます。梳き流した髪の先を少し折り返して、たたんだ紅の絹を結び、前髪を美少年がするように分け、金の元結い(もとゆ)で結わえて大ぶりの華やかな櫛を挿しているその姿の一つひとつは、まったくもって美しいの一言に尽きたのでございました。白繻子(しろしゅす)に墨絵を描いた流行の肌着の上に、孔雀(くじゃく)のアップリケがシースルーでちらちら見えるしかけの玉虫(たまむし)色の小袖を着け、十二色のカジュアルな帯に、足元は素足に紙緒の履物(はきもの)を履き、最新モードの笠をわざと供の者に持たせて美貌を見せる心憎い演出。藤の房を長くかざし、「かざして行かん見ぬ人のため」という古歌そのままの風情は、今朝から美しい女を求めて見尽くした男たちも圧倒されてしまったのでございました。名を知りたくて供の者に尋ねると、「室町のさるご令嬢で、今小町(いまこまち)と呼ばれる有名な方ですよ」と言い捨てて去ってゆきます。小町といえば「花の色はうつりにけりな」の歌で知られておりますが、まさに「色」とはこの女のためにある言葉と申しますか、恋多き女というのはなるほど、とのちに思われることとなったのでございました。

たばかられた夢枕

男所帯は気楽なものですが、おかみさんのいない夕暮れというものははなはだ淋しいものでございます。

ここに、長らくやもめ暮らしをしている大経師の某という者がおりました。さすがに都のこと、趣味よくしゃれた女はいくらでもいるものの、姿かたちよく品性すぐれた女を望んでおりましたので、なかなかいいご縁がございませんでした。小野小町

8　原文は「切付見えすくやうに、そのうへに唐糸の網を掛け」。細かな網目を通して下地が透けて見えるようにしたもの。

9　内蔵忌寸縄麻呂の歌「多祜の浦の底さへ匂ふ藤波をかざして行かむ見ぬ人のため」（『万葉集』）。謡曲「藤」にも同歌に基づく文言が見える。

10　小野小町の歌「花の色はうつりにけりないたづらに我が身世にふるながめせしまに」（『古今集』）。

の歌に「わびぬれば身をうき草の」[11]とありますように、どうにも心細いものですから、つてを頼って探しておりましたところ、「今小町」と申します娘の噂を聞き及び、見に行ったのでございます。その娘とは、この春、四天王たちが関守よろしく四条通で品定めしておりましたとき、「藤のおぼつかなきさましたる」[12]と『徒然草』に描かれたように、藤をかざした今小町でございました。「この女だ！」と恋い焦がれて後先考えもせず縁組みを急ぎましたのは、まあ、気の早いことでございました。

その頃、下立売烏丸上る町[13]に、「しゃべりのなる」と呼ばれる口のうまい仲人女がおりまして、これを頼りに今小町と首尾よく結納をかわし、大経師の願い叶って吉日を選び、今小町、その名もおさんを嫁に迎えたのでございます。

花咲く夕べも、また月の美しい曙も、大経師はおさんのほかの女には目もくれぬ仲むつまじさで、三年ほどの月日がたちました。おさんは明けても暮れても妻としてのつとめを大事にし、みずからべんがら糸の仕立てに気をつかい、下女たちに紬を織らせて、夫の身なりに気を配ります。家計の節約をもっぱらとして竈の焚きすぎに注意を払い、家計の帳面もまめにしたためまして、商人の家にふさわしいのはまさにこういう女でございますな。

家はだんだんと栄えまして満足きわまりないことになりました頃、大経師は用事のため江戸へ行かねばならなくなりました。最愛の妻を残して京を離れますのは辛いかぎりではございましたが、暦の仕事にかかわる大事とあっては致し方ございません。旅立つにあたりまして、室町にあるおさんの里に参って事情を告げますと、おさんの親は留守を守る娘を気遣い、

「お留守の間、いろいろ任せられる人がいればよろしいな。あなたの代わりにお仕事をしてくれれば、家のことを取り仕切るおさんの助けにもなるでしょうから」

と、ともかくも親心から、室町で長らく召し使う茂右衛門と申す若い男を娘の家へ遣わすことにいたしました。

この茂右衛門という男は、「正直の頭に神やどる」という諺通りで、髪型は人任せ、額の毛を整えもしない、袖口も狭いという、真面目で野暮を形にしたようななり

---

11 小野小町の歌「わびぬれば身をうき草の根を絶えて誘ふ水あらばいなむとぞ思ふ」。謡曲「関寺小町」にも見える。

12 「藤のおぼつかなきさましたる、すべて、思ひ捨てがたきこと多し」(『徒然草』第十九段)。

13 京都市上京区の下立売通と烏丸通の交差点から北側の町。

でございます。生まれてこの方遊里通いの編笠をかぶったことはなく、ましてや、脇差に贅を尽くすような派手なこともせず、ただひたすら算盤を枕にして夢で勘定するような、仕事一筋の男でございました。

季節は秋、夜の風が強さを増して冬の寒さが思いやられますので、茂右衛門は養生のため灸を据えようと思い立ち、ちょうど、腰元のりんが手早く灸を据えてくれると聞きつけ、頼むこととなりました。りんはモグサをたくさんひねり、自分の鏡台に縞の木綿布団を折ってかけ、そこに茂右衛門をよりかからせて灸を据えました。初めの一つふたつは熱さをこらえかね、顔をしかめて灸のあたりを抑える茂右衛門を見て乳母や仲居、下女までも笑ったのでございます。

次第に灸の煙が強くなって参りまして、早く終わらないかと待ちわびる茂右衛門でございましたが、ふとした拍子にモグサがぽろりと背骨をつたって落ち、身の皮が縮むほどの熱さ、苦しさに耐えがたくなったものの、灸を据えてくれるりんのことを思うとぎゅっと目をつぶり、歯を食いしばって我慢しておりました。それを見たりんは申し訳なく、灸をもみ消して肌をさすり始めましたが、そのときふと「わたし、この人が好きなんだわ」と気づきまして、それからというもの誰にも打ち明けず一人で恋心に悩むこととあいなりました。いつしか腰元や下女たちが噂するりんの思いはおさんの耳に入るまでになりましたが、りんは思いを止めることができなくなっていたのでございます。

りんは生まれ育ちが貧しいもので字が書けず、茂右衛門に恋文も出せません。同僚の久七がうろ覚えで書く下手くそな字を羨ましく思い、こっそり恋文の代筆を頼みますと、「茂右衛門なんかよりおれはどう？」などと口説かれ、それがまたうっとうしいのでございました。

恋心を告げる手立てがないまま日がすぎた時雨の降り始める十月頃、おさんは夫へ手紙を遣るついでに、「りんの恋文を書いてあげましょう」と、さらさら筆を走らせ、「茂のじ様へ、わたくしより」と恋文の型どおりに結び文にしてりんにやりました。喜んだりんは茂右衛門に渡す機会をねらっておりましたところ、店のほうから「煙草盆を持って来てくれ」と言われまして、土間に人がないことを幸いと、例の文を自分で茂右衛門に手渡したのでございました。

中身がおさんの筆であることを知らない茂右衛門はとんまなことに、りんが可愛く思えまして、ちょっとからかってやろうと返事をしたため、またりんに渡しました。

ところが、りんは返事が読めませんので、おさんの機嫌がよさそうなときにそれをお見せしますと、その文面はこのようなあつかましいものだったのでございます。

「思いもよらずわたしを慕ってくださって恐悦至極。わたしもまだ若いので、あなたの思いが嫌だというわけではないんですが、契りが重なって腹ぼてにでもなられたならそれは面倒です。しかしながら、着物、羽織、風呂代などの身だしなみのための金を出して下さるのであれば、いやいやでもあなたの気持ちをかなえてあげてもかまいません」

これを読んだおさんは、

「なんという憎たらしい返事だこと！　世の中に男がいないというわけでもなし、りんも十人並みの形をしているのだから、そもそも茂右衛門ていどの男を相手にする必要はないわよ」

と、「茂右衛門がりんに惚れ込んで溺れてしまうように一杯くわせてやろう」とやっきになって、さいさい文を書いては茂右衛門に遣わしたのでございます（江戸へ単身赴任中の夫がいない寂しさもあったのでございましょうか、おさん様はいささかのめりこみすぎたかもしれませんな）。

茂右衛門は次々に届く文の中身にだんだんと恋心をくすぐられるようになりまして、最初にとんでもなく無遠慮な文を送ったことを悔やみ、思いを込めてしみじみと返事を書いたのでございました。

「五月十四日の夜は恒例の影待ち[14]で夜通し起きている決まりでございますゆえ、その機会に必ず逢いましょう」

という約束を寄越して参りましたので、茂右衛門が計略にはまったことをみなに告げて笑いあい、おさんはついはしゃぎながらこう申してしまったのでございます。

「それじゃあ、わたしがその夜りんの身代わりになって、茂右衛門をとっちめてやりましょう」

こうしておさんは木綿の単衣を身にまとってりんの寝所に、りんはおさんのいつもの寝所にと、それぞれが暁方までじっと待っておりましたが、そのうちおさんはいつともなく心地よい夢路についてしまったのでございました。

下女たちは、おさんが声を立てたならすぐに駆け付ける取り決めにして、みなみな

14 一・五・九月の吉日の夜、主人が精進潔斎して日の出を拝み、願をかける行事。

手に棒や乳切木を持ち灯りの用意をしてそれぞれ待ち受けていたところ、夕べからの騒ぎにくたびれて、やはりすっかり寝入ってしまっておりました。

　さて、午前三時半頃のことでございます。茂右衛門は下帯を解きながら暗がりに乗じて「りん」の寝所に忍び込み、焦がれるままにいそいそと裸で夜着の下に潜り込みました。そして気のせくまま、寝ていた女に言葉をかけるまもなく枕を交わしてしまったのでした。

「袖に移ったりんの残り香が、なんとも上品だな……」

と、「りん」に夜着を着せかけ、音の出ぬようつま先立らで戻ったのでございますが、

「いや、油断のならない世の中だ。りんはまだ男を知らない生娘だとばっかり思っていたのに。わたしより先に、どんな男がりんを物にしたのだろう」

と、真面目一方の茂右衛門は恐ろしく思いまして、もう二度とはりんのもとへゆくまい、これで関わりを絶とうと決めたのでございました。

一方、りんの寝所ですっかり寝入っていたおさんは、目覚めるやはっと驚きました。枕は頭を外れてだらしなく転がり、帯はほどけてどこへやら、湿った鼻紙が散らばる様子は、自分が寝ている間に茂右衛門と男女の事を行ったしるし以外の何ものでもあ

りません。我が身がたくらんだことながら、夫ある身で男と通じるとは、知られれば磔を免れません。おさんはすっかり罪を悟りまして、「万に一つもこのことが人に知られないはずはない。わたしのせいでこうなったからには、身を捨て、命のある限りは茂右衛門と添って、ふたりで死出の道行をするしかない」という思いが止みがたく、心をこめてせつせつと茂右衛門にそのことを説いたのでございました。茂右衛門は、人違いをしたことは思いもよらなかったのでございますが、おさんの心根にほだされ惚れて、それからというもの、深草少将が小町に百夜通ったと申します「通小町」のように毎夜おさんのもとへ通うこととなりました。恋の虜となったおさん茂右衛門のふたりは、人がなんと申しましてもものともしませんでしたが、不倫の代償はいずれ生か死かのあぶない橋を渡るもの、まことに危険な情事であったのでございます。

人をだました湖

「この世でどうにもしようのないのが恋の道」だとは、かの『源氏物語』にも書き残された言葉[15]でございます。今日も今日とて、その『源氏物語』が書かれたと伝えられる近江の石山寺で観音菩薩のご開帳があると申しますので、京の都人たちはこぞって出かけて参ります。東山の盛りの桜は捨て置き、蝉丸法師が「これやこの……」と歌[16]に詠んだ逢坂の関を越えて行くのを眺めておりますと、なに、おおかたは流行のおしゃれをした女たちばかりで、誰一人として後世安らかなことを願うためのお参りとは思えないのでございます。みな豪華な衣裳くらべやら出で立ち自慢をするやらで、こんな心がけでの参詣を、ご本尊の観音さまはさぞ苦笑いなさっておられますでしょうな。

その頃、おさんも茂右衛門を連れて寺に参り、

「命というものは花と同じで、いつ散るということはわかりません。再びこの湖山の景色を見ることができるとは限りませんから、今日の思い出にいたしましょう」

と、瀬田[17]から小さな漁船を借りての道行と相成りました。

「瀬田の長橋のように長くむつみあいたい、と願っても、わたくしたちに残された時間は短いのだ」とばかり、波を枕に舟の中で床をともにした鳥籠の山[18]、人目につくほど髪は乱れ、物思いに沈む顔が鏡を曇らせる鏡山へと近江の道々を行きまして、鰐の御崎[19]では逃れられぬ鰐の口を思い起こしておびえ、堅田では舟を呼ぶ声を「もしや、京からの追手だろうか」と不安に胸が締め付けられる思い。なんとか長柄山の名にちなんで命を長らえたいと思いましても、おさんは我が身の上を、

「『伊勢物語』の東下りの段には、富士の山は比叡の山を二十も積み上げたほどの高

15 『源氏物語』本文にはこうした文言は見えないが、西鶴の『諸艶大鑑』巻七には同様の文言が「柏木」に見えるとする。
16 蟬丸の歌「これやこの行くも帰るも別れては知るも知らぬも逢坂の関」（『百人一首』）。謡曲「安宅」にも見える。
17 大津市瀬田。琵琶湖畔の町で、瀬田川をはさんで石山と隣り合う。この川にかかるのが瀬田の長橋（唐橋とも）。
18 彦根の歌枕。以下、近江の歌枕が列挙される。
19 琵琶湖西岸の堅田にある岬。謡曲「海士」の「その外悪魚鰐の口遁れがたしや我が命」による。

さというけれど、都の富士といわれる比叡の山の雪のように、このわたしは二十歳にもならぬうちにこのまま消えてしまうのねえ」

と、何度も袖を涙で濡らします。

「志賀(しが)の都ははるか昔のものとなったけれど、わたしたらもいつかはそんな昔語りの身になってしまうのだろう」

と、いっそう悲しく、白鬚明神(しらひげみょうじん)に龍が献じるという龍灯(りゅうとう)がともる頃に社にたどり着き、神に行く末を祈るふたりの身はなんともはかないものでございました。

「このまま生きていても、辛く悲しいことばかりです。この琵琶湖に身を投げて、あの世で長くともに暮らしましょう」

とおさんが告げますと、茂右衛門は一計を案じこう申したのでございます。

「わたくしもおさん様のためなら惜しくはない命ではございますが、死んでからも一緒にいられるという保証はどこにもありません。ならばいっそ、二人で京の方々へ書き置きを残し、湖に入水(じゅすい)して死んだものと見せかけて、ここを去ってどこかの田舎へ落ちのび、二人きりで暮らしましょう」

それを聞いておさんは喜び、

「わたしも、家を出るときこんなこともあろうかと思って、五百両のお金を荷物の中にひそませてきました」

と申しますと、茂右衛門は、

「金こそ世渡りの種といいます。それだけあれば十分ですよ。ささ、そうとなってはまず人目を避けて落ちのびねばなりません」

と、ふたりそれぞれ遺書を書き残したのでございました。

「わたくしたちは世間様に顔向けできないあやまちを犯してしまいました。これは天からの罰を逃れることができぬものですので、とてもこのまま生きてゆくことはできますまいから、今日のこの日、ふたりでこの世に別れを告げることにいたしました」

と、おさんは肌守りにしておりました一寸八分の如来のお像に黒髪の端を切って添えたもの、茂右衛門は銅の装飾品ととぐろを巻いた龍の模様を施した鉄鍔をつけた名匠関和泉守の手になる差し慣れた一尺七寸の大脇差、と人が見覚えたそれぞれの持ち物を形見に残しまして、二人の上着、女草履に男雪踏まで気をつかって並べたうえで、岸辺の柳の根元に置き捨てました。そして、「岩飛び」と申しまして飛び込んで水にもぐる技に長けた漁師の男をひそかに二人雇い入れ、金銀を渡す代わりにことの成り行きを語るとたやすく頼み事を引き受けてくれまして、夜更けに待ち合わせることにあいなりました。

おさんも茂右衛門も旅の支度をすませ、借りていた家の粗末な戸を開けて参詣の供の者たちをゆすり起こし、「事情があって、もうこれでお別れです」と声がけをして駆け出しました。そして、荒々しい岩の上から念仏の声がかすかに響いたかと思うと、あっという間もなく二人が身を投げた大きな水音が聞こえてきたのでございました。供の者たちが泣き騒いでいる間に茂右衛門がおさんをおぶって杉の深い木立に身を隠しますと、例の漁師は水の下を掻(か)い潜(くぐ)って人が探すはずもない離れた岸からそっと陸へ上がっておりました。

お付きの奉公人たちは驚きのあまり手を打っておさん茂右衛門の入水を嘆き、近辺の人々に頼んで二人の姿を探しましたが、そのかいもなく夜は明けてしまいましたので、仕方なく涙ながらに残された形見の品々をとりまとめ、京に帰ってこのことを店の者に語ったのでございました。みな口うるさい世間をはばかりけっして外にはもらさぬよう申し合わせましたが、耳聡(みみざと)いのは世の習い、おさん茂右衛門の心中の噂はあっという間に広まってしまい、日の長い三月の徒然(つれづれ)ゆえに噂話は止むことがありませんでした。悪い評判を立てられても致し方ないことをしたのでございますから、まったくどうにもしようのない身であると申せましょう。

小判を見知らぬ田舎茶屋

人は京で暮らせなくなると丹波（たんば）へ逃げる、とは昔から申しますが、おさん茂右衛門もとうとうそんな身となってしまいました。道なき道の草を分け、茂右衛門はおさんの手を引きながらようやく丹波へ越える峰を上ります。後から追手がかかるのが恐ろしく、生きているのに死んだことになっているのは、自分からしでかしたこととはいえ辛くいとわしいことでございました。

謡曲の「安宅」に「なお行く先に見えたるは……」[20]と謡われておりますが、おさん

20 謡曲「安宅」にある「なほ行く先に見えたるは杣山人（そまやまびと）の板取（いたどり）」による。

茂右衛門の落ち行く先には柴刈り人の足跡さえ見えず、道に迷う二人の身の哀れさがいや増しに増しますが、そんななか、足弱のおさんは歩くに歩きかねて苦しみ、今にも息が絶えそうで顔色も変わって参りました。悲しんだ茂右衛門は、山の湧き水を木の葉に汲んでいろいろと手当をいたしますものの、おさんはだんだんと弱って脈も細くなり、今にも死んでしまいそうなのでございました。

薬になるようなものは何もなく、もうこれで最期かと思われました頃、茂右衛門はおさんの耳にこうささやいたのでした。

「もうちょっと先へ行きさえすれば、知り合いのいる里があります。そこへ着いたら、これまでの辛いことはすっかり忘れて、思う存分抱き合って寝られますよ」

すると、これを聞いたおさんは、

「なんて嬉しい！　あなたは命かけて恋した男ですもの」

と元気を取り戻したのでございます。魂に恋の炎が燃え上がったおさんの姿を目の当たりにした茂右衛門も、これほど大切な女はいないといとしさが募り、再びおさんを背負って[21]ゆくうちに、小さな里のとある家の前にたどり着いたのでございました。

このあたりは京への街道となっておりまして、馬がなんとかすれ違えるくらいの山の崖道もついておりました。その家はいなかびた藁葺き屋根の軒下に杉で作った酒林を掛け、看板には「最高級の清酒あり升」の文字。店に並べられた餅は日数を経て埃にまみれ、とっくに白くなくなっております。片側には茶筅、土人形、でんでん太鼓などが置かれ、少しは都で見慣れたものを目にした二人は気力を取り戻しまして、しばらく茶を飲んで体を休めました。息吹き返した嬉しさのあまり、店の主人の老人に一両の金を差し出しますと、主は傘を見せられた猫のごとくきょとんといたしまして、不機嫌な顔つきで「茶代をお出しなさいませ」と申します。「はてさて、京から十五里とは離れていないところなのに、小判を見知らぬ里があるんだねえ」と、二人して笑い合ったのでございました。

　そこからさらに丹波の柏原というところへ向かいまして、長らく便りが絶えて生きているのか死んでいるのかわからないおばのもとを訪れました。茂右衛門が昔話をいたしますと、おばはさすがに親戚の縁があることでひどい扱いもせず、茂右衛門の父

21　盗み出した女を背負う場面は、近世における『伊勢物語』第六段の挿絵（嵯峨本など）に触発されたと思われる。

親のことばかり涙ながらに夜もすがら語るのでございます。それで夜が明けますと、ふと茂右衛門が美しい女を連れているのを不思議に思いましたのか、「どのようなお方ですか」とたずねますので、何のいいわけも考えていなかった茂右衛門はとまどい、

「これは、長年公家にご奉公しておりましたわたしの妹です。病気になって都での暮らしがつらくなりまして、静かな山里でよいご縁があればと思っておるのです。身分は落ちるが、台所仕事でもしたいと申しますので連れてきました。嫁入りの持参金も、二百両ほど貯めてあります」

と、何食わぬ顔でその場限りの作り話をしたのでございました。

どんな田舎でも、人は万事が欲得ずくで生きておりますもので、金の話におばはとびつき、

「それはなんと都合がよいこと。わたしの一人息子はいまだ決まった妻がありません。おまえとは親戚の間柄だから、ぜひ息子の嫁に」

と言われてしまい、二人はすっかり困りはててしまいました。おさんがそっと涙を流し、

「これからどうなるんでしょう」

と思い悩んでおりますところに、夜が更けて当の息子が帰って参りました。

その息子のありさまと申しましたら、はなはだすさまじい姿でございました。化物並みに背が高く、髪は唐獅子のような縮れっ毛、髭は丹波の熊かと見まごうもじゃもじゃで、血走った目がするどく光り、足や手はまるで松の木のようにごつごつしております。身には粗末な織物をまとって藤蔓の縄帯を巻き、鉄砲に火縄を持ち、藁むしろで作った袋には兎や狸が突っ込まれておりまして、どうやら狩りを生業としている様子。名前を聞きますと、「岩から岩へ飛び移る、岩飛びの是太郎」と申すこの里で知られたやんちゃ者ということでございました。都から来た女との縁組みのことを母親が語りますと、むさくるしい男もこれを喜びまして、「善は急げじゃ、今宵のうちに祝言を」と、手鏡なんぞを取り出しましていそいそと顔をのぞき込むとは、なんとも単純な者でございました。

母親は祝言の盃の用意にと、塩漬けの鮪に口の欠けた酒徳利を取り出しまして、二畳ほどの広さを筵を張った粗末な屏風で囲い、木枕二つ、縁つきのゴザ二枚、横縞の布団一枚を整え、火鉢に細かく割った松を燃やしなどいたしまして、この夕べにひとしおはやり立っておりました。

おさんは悲しみ、茂右衛門は困惑いたしまして、

「ちょっとした嘘をついたのがあだとなりました。これも因果というものでしょう」

と、茂右衛門は覚悟を決め、

「この悔しさは言いようがありません。またしても辛い目に遭ってしまいました。近江の湖で死ぬべき命を長らえても、天はわたしを見逃してはくれません」

そう申しまして脇差をつかんで自害しようとしました。するとおさんは、

「それはあまりに短気なこと。わたしに考えがあります。夜が明けたらここを立ち退きましょう。すべてわたしに任せてちょうだい」

と押しとどめまして、茂右衛門はようやく落ち着き、その夜は機嫌よく祝言の盃を取り交わしたのでございました。

おさんが是太郎に、

「わたくしは、夫殺しで名高い丙午の生まれですよ」

と語りますと、是太郎は、

「いやいや、丙猫だろうが丙狼だろうがかまわぬことじゃ。わしは猛毒の青とかげが好きで食うがそれでさえ死んだことはない頑丈な体の持ち主で、今年二十八歳にな

るが一度も腹を壊したことがない。ひよわそうな茂右衛門殿は、わしにあやかられるがよい。おまえさまは都育ちでなにかとものやわらかなのは気に食わないが、親戚どうしの縁ということで致し方なく我慢しよう」

と、おさんの膝枕ですっかり寝入ってしまいました。おさんは悲しいながらもこの成り行きがおかしくなり、是太郎が寝入るのを待ちかね二人してここから逃れ、さらなる奥丹波へと身を隠したのでございました。

そうするままに日数が積もって二人は丹後にいたる街道へ入り、切戸の文殊堂[22]に参籠し終夜祈願をいたしました。その夜中ばかりと思われますとき、うとうとしていたら霊験あらたかなお告げがあったのでございます。

「そなたたちは世間に顔向けのできぬあやまちを犯したので、どこまでいってもその罪から逃れることはできまいぞ。しかしながら、やってしまったものをとやかくいっても元に戻るわけではない。これからは浮世の姿を捨て、名残惜しい黒髪を下ろして出家となり、二人とも別々に住んで煩悩を捨て去り菩提の道に入るならば、命ばかり

22　京都府宮津市の天橋立近くにある天橋山智恩寺（九世戸寺）。文殊菩薩を本尊とする。

は助けてやろう」

文殊様のたいそうありがたいお告げではございましたが、おさんは夢心地に、

「この先どうなろうと放っといてください。わたしは好きこのんですべてを捨ててこの男と恋をしたのですよ。文殊様は「文殊師利(尻)[23]」といわれるように男どうしの道しかご存じないでしょう。男女の恋がわかってたまるもんですか」

と啖呵を切ったところでいやな夢から覚めました。天橋立の松が風に吹かれる蕭々とした音を耳にするだに「塵みたいにはかない世の中だもの」と思いますが、さびしくかなしい松風はなお止むことがなかったのでございました。

立ち聞きした身の上話

悪事がいけないことだとは当の本人がいちばん身にしみてわかっておることで、博奕打ちは負ければそれを口に出すことなく、遊女に狂う者は金を巻き上げられても粋

人づらをするものでございます。喧嘩をしかけた者は負ければ隠し、値上がりを目論んで買い置きをする商人は損した分を秘密にしますが、これはみな、諺にいう「暗がりにある犬の糞」で、人に知られぬ失敗は見ぬふりをするものでございます。そんななかでも、妻に浮気された男ほど情けないものはないと申せましょう。

「おさんは死んだのだから、もう仕方がない」

と、大経師は世間に対して一通りの儀礼をいたしました。夫婦としてむつまじく暮らしたこの三年ばかりを思い出しますと、憎さは消えないものとはいえ、僧を請じておさんの菩提を弔ったのでございます。哀れなことに、供養のために寄進されたおさん好みのはなやかで豪奢な小袖は旦那寺の幡や天蓋に変じまして、それが無常の風に翩翻とひるがえるさまを目にしますと、またさらに悲しさがこみ上げてくるのでございました。

ところで、人間というものはまことに大胆なことをしでかすものでございます。茂右衛門は律儀なことに闇夜でも外に出ないほどの用心をしておりましたが、いつのま

23　文殊菩薩に同じ。「師利」を「尻」にかけて、男色を暗示する。

にか隠れ住みの身の上を忘れ、都を思う里心がつくようになりました。貧しげななりに身をやつし、編み笠を目深（まぶか）くかぶり、おさんを里の者に預けて、よせばいいのにふらふらと京へ上ってしまったのでございました。仇（かたき）を持つ身にもまして恐る恐るやって参りますと、やがて名月で名高い広沢池（ひろさわのいけ）[24]のあたりで日が暮れてしまいました。天と池との二つの月を見るだにおさん（お三）のことが思いやられ、泣いても仕方ないのに涙で袖を濡らし、岩に落ちる涙の白玉が音を立てて鳴る鳴滝（なるたき）の山[25]を後にして、御室から北野[26]のあたりまで来るとよく知っている所なので急ぎますと、まもなく町中に入ります。近づくほど何となく不安が増し、十七夜の月に映るおのが影法師に我を忘れるほどおびえ、時々肝を冷やしながら、住み慣れたおさんの実家の町内に至りました。そっと店の様子をうかがいますと、江戸店（えどだな）からの為替（かわせ）が遅れているとかで若い奉公人が集まって相談したり、また髪形の吟味や木綿着物のできばえをあれこれ申したりしておりますが、これもみな、女にもてたいがためのことなのでございます。

　奉公人たちの話を聞いておりますと、茂右衛門の噂が飛び出しまして、

「さてさてあの茂右衛門のやつは、並びない美人のおさん様を盗んで逃げたのだから、命なんか惜しくはなかろう。いつ死んでも本望（ほんもう）だな」

と誰かが申しますと、

「そりゃそうだよ。あんな美人とならー生忘れられないいい思いをするだろう」

と申す者もありました。また、年かさの分別くさい人は、

「あの茂右衛門というやつは、人たる者の風上にも置くべきではないわ。あるじの妻をたらしこむなんぞ、世にない悪人だよ」

と、道理をもっぱらにして言いつのります。立ち聞きしておりました茂右衛門は、

「たしか今のは大文字屋（だいもんじや）の喜介（きすけ）めの声だ。人情も知らずに憎たらしげに物を言うやつだな。おまえには、銀八十目を立て替えた借用書があるんだ。今の暴言の代わりに、首根っこつかまえてでも返させてやる」

と、歯ぎしりしながらたたずんでおりましたが、人目をはばかる身ではなんともしようがなく、無念のうちに我慢しておりますと、また一人がこんなことを申しましたの

24　京都市右京区嵯峨広沢にある池で、古くから観月の名所として知られる。謡曲「松風」の「月は一つ影は二つみつ汐の」の文句を踏まえている。

25　京都市右京区仁和寺（にんなじ）の北西にある山。

26　仁和寺付近一帯から京都市上京区の北野天満宮の一帯。

でした。

「茂右衛門は今も死なずに、おさん様を連れてどこか伊勢のあたりにしけこんでいるらしいよ。あー、なんとも羨ましいなあ」

これを聞いた茂右衛門はおびえに体がふるえ、たちまち寒気におそわれましたので、足早に立ちのいて、三条大橋近くの旅籠屋（はたごや）に宿をとり、風呂にも入らず布団をかぶって寝てしまいました。そこへちょうど十七夜代待（だいまち）[27]のいやしい坊主が通りましたので、十二文の賽銭（さいせん）を包み、「わたしのことがばれませんように」と祈ったのでございます。しかし、このような身勝手な悪事を、愛宕権現（あたごごんげん）様はよもやお助けなさいますまい。

夜が明けるや、都に名残惜しい茂右衛門が東山をこっそり四条川原に下がって参りますと、「藤田小平次の芝居『狂言づくし』、三幕のはじまりはじまりー」と呼ばわる声がいたしますので、

「どんな芝居だろう。見て帰って、おさんに土産話でもしてやろう」

と、敷物を借りて後ろの方から見物いたします（茂右衛門ののんきさにはあきれますな……）。

「もしも、わたしを知っている人がいたら……」

と不安なまま舞台を見物しておりますと、芝居の中では人の娘を盗み出すところが演じられて我が身を思うと背筋が寒く、ふと同じ列の前の方に目をやりますと、なんとおさん様の旦那様の姿があったのでございます。茂右衛門はたちまち魂が消えるばかりにおののき、地獄の上を一足飛びに越えるばかりの危機のなか、玉のような汗を散らしながら芝居小屋の木戸口を走り出て、丹後のおさんのもとへ戻ったのでした。その後は、恐ろしくて京に近づくこともなかったのでございました。

そんな折節、九月の菊の節句が近づき、毎年やってくる丹波の栗売りの商人が大経師の店を訪れました。世間話のついでに栗売りが、

「そういえば、あなたの奥様はどうなさいました」

とたずねましたが、もちろん具合が悪く誰も答える者はおりません。大経師は苦い顔をして、

「あれは死によった」

27　十七夜には月の出を待って願をかける風習があった。代待は人に代わって月待をし報酬を得る者で、大声で宣伝しながら町を触れ歩いた。

と申します。すると栗売りが再び申しますには、

「世の中にはよく似た人もあるもんですね。こちらの奥様に瓜二つの方と、こちらの奉公人とそっくりな若者が二人して丹後の切戸のあたりにおりますよ」

と言い捨てて帰って行ったのでございました。

大経師はそれを聞きとがめ、人をやって確かめさせましたところ、おさん茂右衛門に間違いないというので、店の者あげて捕らえに遣りました。

不義をはたらいた二人の罪は逃れられぬものでございまして、奉行所へ引き渡した後はさまざまな取り調べを受けた末に、おさんと茂右衛門の仲を取り持った玉[28]と申す下女も同罪となってひかれゆき、三人ともに粟田口（あわたぐち）刑場の露と消えたのでございました。時に、九月二十二日の夜明け、夢のようにはかなく散った命でございましたが、おさん茂右衛門の最期（さいご）が少しも見苦しいものではなかったことは、後の語り草とあいなりました。おさんが市中引き回しのときにまとっておりました浅黄の小袖の鮮やかさとはれやかな面影（おもかげ）は、こうして今にその名を残しているのでございました。

28　結果的におさんと茂右衛門の取り持ち役となった下女は「りん」だが、原文では「玉」とする。解説参照。

巻四　恋草束ねた八百屋物語

真っ暗な大晦日は恋の闇

季節風が激しく吹きあれる師走の空には流れゆく雲さえも足早く、正月を迎える準備がせわしなくおこなわれておりました。餅つきする家のお隣では竹箒を手にすす払いの最中というあんばい。商家では銀貨を計る天秤を調整する音が響き、金勘定の決算日と定められました大晦日はまことにあわただしいものでございます。店の前には目の見えぬ子どもの物乞いが連れだって参り、「こんこん米倉、このめくらに一文おめぐみくださいませ」[1]と唱える声がやかましく、そのうえ、古札納め[1]代行の者や、正月用の片木[2]売り、正月飾りの榧、かち栗、伊勢海老売りの声でざわついております。江戸の目抜き通りには破魔弓の出店や、仕立て上がりの着物、足袋、雪踏の店が並び、かの兼好法師が「足が地につかないほど急ぎ歩いて」[3]と書き残しているのを思い合わせますと、大晦日というのは今も一家を構える者にとってはちょっとした暇すらないのでございました。

ところが、師走も押し詰まった二十八日の夜中すぎに火事騒ぎが起こりまして、燃える火宅[4]の門からは車つきの長持を引き出す音ががらがら響き、葛籠や貴重品の入った掛硯[5]を肩に掛けて逃げる者もありました。地下に掘った穴蔵の蓋を取るや、絹織物を投げ込みましても、あっという間に火が回って煙と化してしまいます。みなみな、焼野の雉子[6]のごとく子を案じ、妻を思い、老母を気づかいまして、それぞれ知り合いのおりますところへ避難いたしましたのは、まったくもって限りなくつらいことだったのでございました。

さて、本郷のあたりに八百屋八兵衛と申す、昔は氏素姓のいやしくない商人がおり

1　神仏のお札は年末に取り替えるが、古いお札を集めて寺社に納め報酬を得る物乞い。
2　正月に神へのお供えを盛るための、薄い板で作った角盆。
3　「つごもりの夜、いたう暗きに、松どもともして夜半過ぐるまで人の門たたき、走りありきて、何ごとにかあらん、ことことしくののしりて、足を空にまどふが」（『徒然草』第十九段）による。
4　煩悩と苦に満ちたこの世を、燃える家にたとえた仏教語。ここでは火事の家。
5　内部が二重になった錠前つきの硯箱。文書などを入れる。
6　親が子に深い愛情をかけるたとえ。

ました。この人には一人娘がおりまして、名をお七と申します。年は十六、上野の花にみまごう娘盛り、隅田川に映る月影のような美しさで、このような美女にはめったにお目にかかれないものでございました。隅田川のあたりで「いざ言問わん都鳥」[7]と詠んだ美男の在原業平が今に生きておりましたら見せたいほどの美形ぶりは、お七に恋をせぬ男などいないくらいだったのでございます。

このお七は、火が迫って参りましたので、母親に付き従い常日頃敬っておりました旦那寺の駒込の吉祥寺[8]と申すところへ移りまして、とりあえず難を逃れることとなりました。お七一家に限らず、多くの住人が寺に逃げ込みましたので、住職の寝間で赤ん坊が泣きわめき、ご本尊の前には女の腰巻が取り散らかしてあるような混乱ぶり。ある者は主人を踏み越え、ある者は親を枕にして横になり、わけもわからぬまま雑魚寝して、一夜明けますと楽器の鐃鈸、鉦を洗面器代わりにし、仏様に供える天目茶碗も仮の飯椀とするようなありさまでしたが、非常事態でありますのでお釈迦様もお許しになることでございましょう。

母親はお七の美貌をおもんぱかり、「坊主とはいえ男、油断できない世の中ですから」と、万事に気を配っておりました。そんな夜嵐の厳しい折り、着の身着のまま逃げてきた人々が寒さをしのぎかねておりますと、住職はそれを気づかって寺に寄進されていた着物を貸し出してくれました。その中に、桐、銀杏の二つ紋（自分と恋人の紋を並べて入れる紋で、比翼紋とも申します）を施し、紅の裏地を裾に出して波形にかたどった黒羽二重の大振袖がございました。香の残り香やなんとなくわけありげな小袖の仕立てにお七は心がひかれ、「どんな高貴な女だったんでしょう。若くして亡くなったので、形見に見るのも辛いとこの寺へ寄進されたものかしら」と、自分の年を思い合わせますと痛ましくかわいそうに思い、会ったことのない人の身の上に無常を感じたのでございます。「考えればこの世は夢のようなものだわ。それを思うと何もいらない。あの世を願うことだけがたしかなものなのよ」とばかり、すっかり心がうち沈み、母の数珠袋を開いて数珠を手にかけ、そっと南無妙法蓮華経を唱えることしきりでございました（禅寺でお題目とは、ちょっと合わないのですが……）。

7 「名にしおはばいざ言問はむ都鳥我が思ふ人はありやなしやと」（『伊勢物語』第九段）を踏まえる。謡曲「隅田川」にも見える。

8 文京区本駒込にある曹洞宗諏訪山吉祥寺。お七の事件を記す『天和笑委集』には「正仙院」とある。

あるとき、高貴な姿の若者が、銀の毛抜きを片手に左の人差し指に刺さったほんの小さな刺を気にして、暮れ方の障子を開いて悩んでおりますところを、お七の母親が見かねて、

「抜いて差し上げましょう」

と毛抜きを手にしてしばらく試みておりましたが、老眼のせいで刺のありかがわからず、見つけることができないで困っておりました。それを目にしたお七は、「あたしの若い目ならすぐに抜けるのに」と思いながらも近寄れずにたたずんでおりました。

すると母親が、

「この刺を抜いて差し上げなさい」

と申しましたので、「嬉しい！」と思ったのでございます。その手を取って難儀を助けて差し上げますと、若者は我を忘れてお七の手をぎゅっと握りしめましたので、離れがたく思いましたが、母の見ているのが気兼ねで、しかたなくそのまま別れました。そのときにわざと毛抜きを持ち帰り、「これを返しに参りました」とあとを追って返しざまに若者の手を握り返しまして、そのときから二人はお互い思い合う仲になったのでございました。

お七はだんだんと恋しさが募り、

「あの若衆はどんな方なのかしら」

と寺の事務方の坊主にたずねますと、

「あれは小野川吉三郎殿と申しまして、由緒正しいお武家のご浪人ですが、とてもおやさしく思いやりの深い方でございます」

と語りますので、なおさら思いが増さります。人目を忍んでしたためた恋文をこっそり送りますと、今度は恋文の書き手が入れ替わり、ついには吉三郎の方から恋の思いを書き連ねた手紙を次々に送ることとあいなりました。二人の思いは互いに入り乱れ合いまして、こういうのが両思いの仲と申しますのでしょう。ともに返事も待たずに思いのたけを送り続け、いつのまにやら浅からず人を恋う人・恋われる人となりましたので、思いをとげる機会を待つのはたいそう辛い日々でございました。

大晦日は盲目の恋の闇とともに暮れ、翌日は新たな年のはじめとなりましたが、恋に溺れるお七吉三郎の目には二つ並んだ松飾りもカップルにしか見えず、新年の暦を目にすれば「姫始め」と書いてあるのが目につくという始末。しかしながら逢えるチャンスは見つからず、枕を交わすには至らなかったのでございます。『百人一首』

に「君がため春の野に出でて若菜つむ」[9]と歌われました七草粥の七日をすぎ、九日、十日を超えて、十一、十二、十三、そして十四日の夕暮れとなり、もはや松の内もすっかり終わってしまいましたが、いまだに契りを交わしておりませんのに二人の噂ばかりが先に立ってしまったのは、思い通りにはならない世の中でございました。

春呼ぶ雷もふんどし[10]着けたお方となら怖くない

春の雨降る十五日の夜中頃、『古今和歌集』に「玉にもぬける春の柳か」[11]と詠われた柳が並木になっている柳原[12]のあたりからの使いが吉祥寺の外門をどんどんたたきました。お坊様たちが夢から覚めてたずねますと、

「長らく患っていた米屋の八左衛門が今晩亡くなりました。前々から予期しておりましたので、今晩中に葬式を致したく」

とのことでございました。葬式は僧侶の大切な仕事ですので、住職は大勢の僧を召し

連れまして、雨が晴れるのを待たず、めいめいが傘をさして寺を出立いたします。残りましたのは、台所で働く七十あまりのばあさん一人に、十二、三の小坊主、それに赤犬だけでございました。謡曲に「松風ばかりや残るらん」[13]とありますように、松風の音だけが聞こえて参ります。そこに土中の虫をゆり起こす春の雷が鳴り響きましたので、みな驚いて、ばあさんは雷よけになるという言い伝えの通り節分の残り豆を取り出すなどして、天井が張ってある小部屋[14]に行き、じっと籠もっておりました。

9　光孝天皇の歌「君がため春の野にいでて若菜摘むわが衣手に雪は降りつつ」（『古今集』にもあり）。謡曲「求塚」にも見える。

10　「ふんどし」は雷の縁語。雷神と同じくふんどしを着けた吉三郎と一緒なので怖くはない、という意味。

11　遍照（昭）の歌「浅緑糸よりかけて白露を玉にも抜ける春の柳か」（『古今集』）により、次の「柳原」を導く。

12　江戸神田川の南岸。千代田区の万世橋から台東区浅草橋に至る土手筋。

13　謡曲「松風」に「村雨と聞きしもけさ見れば松風ばかりや残るらん」とあるのを踏まえる。

14　天井が張ってある部屋は雷を避けうるといわれていた。庫裏には天井がないので、雷よけのため避難したのである。

母親というものは子を心配して道に迷う、とは「子を思ふ道にまどひぬるかな」と古歌に詠まれる通りでございまして、お七の母も娘を気づかい夜具の中に引き寄せ、雷が激しいときは「耳をふさぎなさい」などと心配いたします。若い娘のお七は恐ろしくてなりませんでした。しかしながら、「吉三郎さまに逢える機会は今日しかない」という下心があったせいで「世の中の人はどうして雷を怖がるのかしら。捨てたところで命なんてたかが一つ。ちっとも怖くなんかないわ」と申しまして、いやはや、女は強がらなくてもよろしいものを、叩いた無駄口は下女たちからも悪く言われたのでございます。

ようやく夜がすっかり更けまして、人々はみなしぜんと寝入り、聞こえる鼾が軒から落ちる雨だれの音をしのぐように響いておりましたが、やがて雨も上がり、雨戸の隙間から差し込む月の光があるかなきかの静けさの中、お七は客殿をこっそり忍び出たのでございます。

身はおののきふるえ、足元も定まらぬまま寝入った人々の間を歩んで参りますと、ぐっすり寝こんでいた人の腰骨を踏んづけて気を失うほど驚き、胸がどきどき、すっかり気が動転して口をきくこともできません。ただただ手をあわせて拝みましたが、

「この人、なぜあたしをとがめないんだろう」と、改めてしげしげ眺めますと、飯炊き女の梅という下女でございました。得心して梅の体をまたいでゆこうといたしますと、梅がお七の裾をつかんで引きとどめましたので、また胸騒ぎして、「あたしを止めるのかしら」と思うとそうではなく、鼻紙を一束手渡したのでございます（鼻紙、は色事につきものでございますからな）。お七は、「まあ、梅は男とつきあい慣れているから、こんなせわしないときでもよく気がつくのね」と嬉しく思いました。

吉三郎の見目のよさから寺の長老の衆道[16]のお相手だと見当をつけたお七が、まず住職の部屋に行ってみますとその姿はなく、気落ちして台所に参りますとばあさんが目を覚まし、「今晩も鼠どもめが……」とつぶやきながら椎茸の煮染め、揚げ麩、葛粉の袋など鼠がかじりそうなものを片付けているのもおかしいものでございました。しばらくして、ばあさんはお七がいるのに気がつき、

「吉三郎さまはほれその小坊主と一緒に三畳の小部屋に」

15　「人の親の心は闇にあらねども子を思ふ道にまどひぬるかな」（『後撰集』）。類似の文言は謡曲「隅田川」「木賊」「藤戸」にも見える。

16　男色の道のこと。

と、肩をたたいてささやいたのでございました。ばあさんが思いもかけず訳知りなのを「寺にいるには惜しいものだわ」と不憫になり、お七は身につけていた紫鹿子の帯を解いて与えました。

ばあさんの教えに従って進んで参りますと、午前二時頃でしょうか、仏前の香が絶えたのか常香盤[17]の鈴が落ちて、しんとした中にりんりんと響き渡ったのでございます。小坊主が香の番をする役目だったとみえて、起きあがって、鈴を吊る糸をかけ直し、香を追加したもののなかなか座を立ちません。お七はじれったくなり、小坊主が寝所に入るのを待ちかねて、ふといたずらを思いつき、髪を振り乱し怖い顔で暗がりから驚かしてみたのでございます。すると、小坊主のくせにさすがに仏の道を心得ているとみえ、まったく驚く気配もなく、

「汝元来[18]、帯の解けただらしない格好で、いかにもみだらなことだのう。すぐに消え去れ。この寺の妻になりたければ、和尚が帰られるまで待て」

と、かっと目を見開いて喝破したのでした。

お七は子どもっぽいふるまいのてれかくしのために、小坊主に走り寄って、

「おまえを抱いて寝にきたのよ」

と申しますと、小坊主は笑って、

「吉三郎さまが目当てか。ついさっきまでおれと足を差し入れ合って寝ていたよ。[19]その証拠に、ほらこれ」

と、白い綿入れの袖を掲げて見せますと、「白菊」とかいう香木の移り香が漂って参りました。

お七が恋しさにたまらなくなって、その寝間に入りますと、小坊主はまわりに聞こえるほどの大きな声で、

「あら、お七さまがいいことをなさる！」

と叫びますので、またびっくりして、

「何でもおまえのほしいものを用意するから、ちょっと黙ってちょうだい」

と申しますと、

17　仏前に香を絶やさないため、香が燃え尽きると糸が切れて鈴がなるしかけ。

18　禅僧が死者に引導を渡すときの決まり文句。小坊主はお七を幽霊と思い、聞き覚えた言葉を使うというパロディの趣向。

19　布団の両端に枕を置いて、二人が反対向きに寝ること。

「それなら、銭八十文と、京の松葉屋のカルタ、浅草名物の米饅頭五つ、これ以上ほしいものはない」

と小坊主は答えます。

「そんなことは簡単よ。明日すぐに差し上げましょう」

とお七は約束いたします。小坊主は枕に頭を預け、「夜が明けたら三つもらうぞ、必ずもらうぞ」とつぶやきながら眠りにつき、ようやく静まりました。そのあとは、お七吉三郎の二人の思い通りになりましたので、寝ている吉三郎に寄り添って何も言わずしどけなくもたれかかりますと、吉三郎は夢から覚めて身をふるわせながら夜着を引きかぶってしまいました。お七はそれをさっと引き剝ぎ、

「きれいな前髪が乱れてしまってもいいの?」

と申しますので、吉三郎はせっぱつまって、

「わたしは十六になります」

と申します。お七もまたこう答えます。

「あたしも十六になったわ」

吉三郎が、

「長老様が怖いよ」

と言いますと、またお七も
「あたしも長老様が怖い」

と申しまして、初めての逢瀬はじつにもどかしいものでございました。

二人はともに涙を流し、埒があきません。また雨上がりの雷が荒々しく響き渡りましたのでお七は、

「これはほんとうに怖いわ」

としがみつきます。すると、吉三郎にはしぜんと抑えきれない恋心が湧き上がりまして、

「手足が冷え切っているよ」

と肌近くへ引き寄せます。お七は恨みながら、

「あなたもあたしのことがお嫌いではないでしょうに。熱い恋の手紙を送りながらこんなに身が冷えるなんて、いったい誰のせいかしら」

と吉三郎の首っ玉にかじりつきます。そうしていつの間にか無我夢中のうちに涙に濡れた袖を交わしてしかと抱き合い、死ぬまでともにと誓う仲になったのでございました。

まもなく夜明けがたになり、谷中感応寺の鐘がせかすように鳴って、吹上[20]の榎木を

ゆるがす朝風も激しく吹きました。

お七が、

「うらめしいことね、まだ暖まる間もないまま別れなければならないなんて。この世は広いのだから、昼を夜としている国があったらいいのに」

と願って、とても叶わないことを悩んでおりますと、「あらまあ、何てこと！」と母親が探しに参りまして、お七は引き立てられていったのでございます。『伊勢物語』で有名な「鬼一口（おにひとくち）」[21]の業平そのまんまの気持ちで、吉三郎はあっけにとられ悲しくなったのでございました。

小坊主は昨夜の約束を忘れず、

「例の三つのものをくれなければ、今夜のことを言いふらすぞ」

と追いすがりますので、母親は立ち戻り、

「何のことか知りませんが、お七が約束した物はわたしが保証します」

と言い捨てて帰ってゆきました。恋多き娘を持った母のこと、子細を聞かなくてもだいたいのことは察しがついて、お七よりも気を配り小坊主のおもちゃの品々を準備して早々に贈ったということでございました。

雪の夜に貸してやった宿

母親いわく、「まったくこの世は油断のならないものだね。絶対見せちゃいけないのは、旅行中の腹巻きの中の金、酔っ払いに脇差(わきざし)、娘にくそ坊主だわ」ということで、一家で寺から立ち帰り、そののちは娘の身辺を厳しく護(まも)って二人の仲をさいたのでございます。しかしながら、お七と吉三郎は下女に頼んで手紙をさいさいやりとりしまして、互いの心を通わせておりました。

ある夕暮れ時、板橋[22]近くの里の子らしい者が、松露(しょうろ)、土筆(つくし)を手かごに入れて売り

20　文京区本駒込の南にあたる小石川一帯の地名。奥州街道の名残の榎木があった。

21　盗み出した女が鬼に喰われてしまった、という『伊勢物語』第六段を踏まえる。謡曲「安達が原(あだちがはら)」「通小町(かよいこまち)」にも見える。

22　中山道(なかせんどう)の一番目の宿場で、日本橋から二里（約八キロメートル）。

に参りましたので、お七の親が買ってやりました。その日は春ですのに雪が降り止むことなく、山菜売りは村里まで帰るのが大変だと嘆きました。これをかわいそうに思いましたお七の父親は、何の気なく、

「うちの台所の土間の隅ならいてもかまわんよ。夜が明けたら帰りなさい」

と言いましたので、山菜売りの少年は嬉しそうに、霜よけ筵を掛けた牛蒡、大根を片方に寄せ、筍皮を張った笠で顔を隠し、腰箕をひきかぶって一夜をしのぐこととなりました。

激しい風が枕を突き通るようで、台所の土間は冷えに冷え切り、命の危険を感じるようなありさまで、里の子はだんだん息も絶え絶えとなり、目がくらみそうになって参りました。そのとき、耳に届いたのがお七の声だったのでございます。

「こんなに寒くては、さっきの里の子がかわいそうね。せめてお湯くらい飲ませてやれば」

というので、飯炊きの梅が奉公人用の茶碗に湯を汲み、下男の久七に差し出しますと、久七はそれを受け取って里の子に渡しました。

「ありがたいお心遣い」

と申しますと、暗いのをよいことに久七は里の子の前髪にさわって、

「おまえも江戸っ子だったならいちゃいちゃ相手のアニキがいてもいい年頃なのに、かわいそうだな」

「そうなんです。いやしい育ちですので、田を耕す馬の口取りや、柴刈りのほかには何も知らないのでございます」

と返しますと、久七は里の子の足をいじくり、

「あかぎれがないとは感心なことだ。こんなきれいな子[23]なら、キスくらいはいいかな」

と唇を寄せて参りますので、この悲しさ、悔しさといいましたら、歯を食いしばって涙を流しますと、久七は急に、「いやいや、ネギやニンニクを食った口かもしれんな」と言ってやめましたので、里の子はほっとしたのでございました。


その後、就寝時になりまして、奉公人たちは梯子をのぼって二階へ上がり明かりが消え、主人は戸棚の錠前を確かめ、お内儀は火の用心を何度も言いつけまして、そのうえ娘の用心のために店と奥とを仕切る戸をかたく閉めてしまいました。もうみなさまお気づきでしょうが、里の子にやつしております土間の吉三郎にしてみれば、お七

のもとへ忍んでゆく手だてがとだえ、まったく辛いことでございました。

八つ（午前二時頃）の鐘が鳴りましたとき、表の戸を叩く男女の声がいたしました。

「もしもし、おばさま。たった今姪御がご出産されましたよ。しかもぼっちゃまで、お父上はたいそうおよろこびでございます」

としきりに呼びますので、家中の者は起き騒ぎまして、「それは嬉しいこと」とお七の両親は起きるやすぐに、妊婦に効くという海人草、甘草をひっつかみ、片方ずつ別々の草履をつっかけ、お七に戸を閉めさせて気のせくままに大慌てで出て行ったのでございました。

お七は戸を閉めて奥へ戻るついでに、土間で寝ている里の子のことが気にかかり、下女に、

「その手燭、ちょっと持ってて」

と里の子の様子を見てみますと、すっかり寝入っていましたのでいっそうあわれに思えました。

23　原文は「念者」。年上の男色相手のこと。兄分とも。

「よく寝ておりますから、そのままになさいませ」

と下女が申しますのが聞こえないふりをして、お七がさらに近くへ寄りますと、肌から漂う「兵部卿」の香が何となく気になりまして、笠を除けてみますと、百姓らしからぬ高貴な横顔がしとやかで、鬢もほつれておりません。しばらく見とれておりますと、吉三郎と同じ年頃だということに気づき、思わず袖に手を差し入れて見てみますと、それは高価な浅黄羽二重の下着。「これって、もしや……」とよくよく見ますと、なんと吉三郎その人だったのでございました。そばに下女がいるのもかまわず、

「まあ、どうしてこんな格好で！」

と、お七は吉三郎にひしとしがみつき、わっと泣き崩れたのでございました。

吉三郎もお七と顔を見合わせ、物もいえないままでございましたが、しばらくして、

「わたしがこんなふうに身をやつしたのは、せめてひと目でもあなたを見たいと願ったからですよ。宵からのつらいありさまを思ってもみてください」

と、事の次第を詳しく語りますと、

「とにかく、奥へ入って。それから詳しく聞かせてちょうだい」

とお七が手を引きますものの、長らく冷えた土間に横たわっておりましたので体が痛

み、思うように動けないのもあわれなことでございました。下女と手を組み合い二人で抱え上げまして、お七の部屋へと運んで参りました。手の疲れるまで体をさすり、いろいろな薬を与えますと吉三郎に少し笑みが戻って参りました。お七は嬉しくなり、

「盃を交わしてこれからを約束しましょう！　今晩は、心にためていた思いを全部語り尽くしたいわ」

と喜んでおりますと、ちょうど折悪しく父親が帰って参りました。衣桁(いこう)[24]の陰に吉三郎を隠し、お七はなにもなかったかのようによそおって、

「お初さまは親子ともどもちゃんとお元気だったの？」

と声をかけますと、父親は喜んで、

「たった一人の姪だからえらく心配したのだが、これでやっと重荷を下ろしたよ」

とご機嫌至極(きげんしごく)で、生まれたばかりの赤ん坊に贈る産着(うぶぎ)の模様を案じる様子。

「とにかくめでたい模様尽しで、鶴亀松竹(まったけ)を箔摺り(はくず)にしたのはどうだろう」

と言いますので、

24　衣類をかけておく調度品。

「こんな夜中でなくても、明日落ち着いてゆっくりとお考えなさいまし」

と、下女が口々に申します。

「いやいや、こういうことは早ければ早いほうがいいのじゃ」

と、箱枕に鼻紙をたたみかけて、産着の模様のひな形を切り始めましたので、お七はうっとうしい気持ちでございました。

ようやく父親の思案がすんで、色々とだまくらかしてやすませましたので、二人は今こそゆっくり語り合おうとするのでしたが、お七と両親の部屋は襖（ふすま）一枚で仕切られただけですので、会話がもれれば一大事でございます。同じ部屋にいながら、お七と吉三郎はあかりの下に紙と硯（すずり）を置きまして、思いのたけを互いに書いては見せたり見たり、まさに鴛鴦（おし）のごとく「押し」黙っての睦言（むつごと）となりました。夜もすがら恋の思いを書きくどき、別れの明け方になりましてもまだまだ足りずに思いは残り、なんともまあこの世というのは辛いものだったのでございました。

この世を見納める桜花

　恋心を表に出さず胸に秘めていたお七ではございましたが、毎日思うは吉三郎のことばかり、しかしもう逢う伝手もありません。激しく風の吹くある夕暮れ、お七は年末の火事で寺に逃げたことを思い出しました。そして、浅はかな女心のうちに、「もしかして、あのときのような火事になったら、吉三郎さまに逢えるかもしれない」とつまらぬことを考えついたのでございます。まったく、人が悪事に手を染めるきっかけは、なんとも頭ではわからぬやっかいなものでございますな。まもなく起こりましたぼやに人々が立ち騒いでおりますと現場にお七の姿があったのです。事の子細をたずねますと、隠さずすっかり語りましたので、ついに処刑されることとなり、人々の哀れを誘ったのでございました。

　今日は神田の昌平橋に、また別の日は四谷、芝、浅草橋、そして日本橋[25]にと、火

25　昌平橋、四谷、芝、浅草橋、日本橋はいずれも放火犯のさらし場。

付けの大罪を犯したお七は市中を引き回され、さらされ、その姿を目にした人々はお七の若い命を惜しんだのでございました。思いますに、人はかりにも悪事を働いてはなりません。一度でも悪事に手を染めますと、お天道様がお許しになることは万にひとつもないのでございます。

覚悟の上のことでしたから、お七は見苦しいさまをさらすことなく、毎日昔のように黒髪を整えて美しい姿を保っておりましたが、惜しいことに十七歳の春、花が散り果て、死出の山へ導くほととぎすも鳴き尽くす四月はじめの頃、「もうこれで最期」という言葉にうながされ、心を乱すことなく、「この世は夢幻のようなものだ」と一心に極楽浄土を願いました。その姿が痛ましく、手向け花として咲き遅れた桜の一枝を持たせてやりますと、お七はじっとそれを眺めまして、

「人の世はあわれね　吹く春風に名を残して　遅い桜が散るように　今日死んでゆくわたしよ」

と口ずさみましたので、聞く人はみないっそうあわれに思い、刑場へひかれゆくお七を見送ったのでした。こうしてお七の若い命は、夕方に入相の鐘が無常の音を響かせる頃、品川鈴ヶ森の道のほとりで、あわれ火あぶりの煙と消えたのでございます。火

葬と火あぶりの違いはございますが、どんな人でも煙となることはのがれられないはかない運命でございました。

それも昨日のこと、今朝見ますれば鈴ヶ森には塵も灰もなく、ただ松風の音が残るばかり。品川を行く旅人が、お七の話を耳にしますと、そのまま立ち去ることなく回向（えこう）してお七の後を弔いました。そして、人々はお七がまとっておりました甲州郡内縞（ぐんないじま）の小袖の切れ端までも拾い集め、のちのちに語り伝えるよすがとしたのでございました。

「じかに知らなかった者でも、忌日（きじつ）ごとに樒（しきみ）を立てて弔っているのに、恋人の若衆はなぜお七の最期を見届けず、弔いもしないのだろう。納得できないことだ」

と世間の人々が噂しております折りも折り、吉三郎はお七恋しさに我を忘れ、今にも死にそうな重病人で夢うつつのありさまとなっておりました。まわりの人々は「お七の死を知らせたら、きっと死んでしまうに違いない」と気遣いまして、

「お七さまはふだんの言葉の端々に覚悟を示し、身の回りの始末までして最期の日を待っておられましたが、人の命とはわからぬもの、思いがけず助かることになりましたよ」

とうまく言いつくろいまして、

「今日、明日のうちには、お七さまはこちらにいらっしゃいますから、思う存分お逢いになれますよ」

などと申しますと、吉三郎はひときわ気力を取り戻し、薬を飲むのも忘れて、

「ああ、お七さまが恋しい！　お七さまはまだか！」

ととりとめないことを口走ります。

「知らないとはあわれな。今日は、もうお七さまの三十五日なのに」

と、吉三郎には隠してお七の弔いをいたしました。それからお七の家族は四十九日には供養の餅を供え、また親類縁者にも配り、一同吉祥寺に参りまして「せめて娘の恋人の姿をお見せくださいまし」と嘆くことしきりでございました。

寺では、吉三郎の様子を家族に告げまして、

「もしお会いになれば、余計に悲しみがつのりましょう。どうかこのままそっとしておいてくだされ」

と道理を尽くして頼みましたので、

「さすがに吉三郎さまはお武家のご出身ですから、このことを聞いたらよもや生きて

はおられますまい。固く秘密にしておきましょう。ご病気が落ち着きましたら、お七が残した言葉など語り合うことにいたします。今は我が子の供養のため卒塔婆なりとも立てて、親の気持ちを晴らさせていただきとうございます」

と、卒塔婆を書いて立て、

「水を手向けても涙がこぼれにこぼれて、乾くことのない墓石だけがお七の形見なのか」

と、後に残されました親の身こそあわれを誘います。人の命が定まらぬのは無常の世の習いではございますが、親が子を弔う逆縁とはなんとも辛いものでございました。

故あって坊主の急ごしらえ

人の命ほど不確かなものはなく、また思い通りにならぬものはございません。吉三郎がいっそのこと死んでしまっていたら、もう恨みも恋も消えておりましたでしょうに、お七の百ヶ日に当たる日、吉三郎は病の床からようやく起きあがり、杖を頼りに寺のなかを静かに歩いておりました。そのときふと目に入った新しい卒塔婆をよくよく見ましたところ、なんとそこにあったのはお七の名前ではありませんか。驚いた吉三郎は、

「そういうことか。知らなかったことではあるが、人はまさかわたしがお七の死を知らずに生きながらえていたとは思うまい。後を追って死ぬのをためらったように噂されるのも悔しいことだ」

と、腰の脇差に手をかけましたところ、僧侶がとりつき、さまざまとどめまして、

「どうしても死にたいのでしたら、長年親しくおつきあいされている兄分に暇乞いのご挨拶をし、長老様にもちゃんと訳を話してから、立派な最期を遂げられませ。あなたが衆道の契りを交わされた兄分から、この寺でお預かりしているのですから、あなたが早まったことをしたら兄分に対してわたしたちの面目が立ちません。いろいろな事情を思い合わせられたうえで、これ以上世間の悪い噂が立たないようになさいませ」

と諫めましたので、その説明に納得した吉三郎は自害を思いとどまりましたが、いず

れにせよこれ以上世に長らえる気持ちはありませんでした。

その後、長老へ「このように致したいのですが」と吉三郎が申しますと、長老は驚き、

「おまえは、いちずにおまえと契った人からわたしが特別に信頼されて、この寺に預かった身だ。その人は、今は松前に行かれておるが、この秋頃必ずここを訪れると念を押してこられたのに、もしおまえが自害するなどということが起こったら、まず困るのはわたしなのだぞ。兄分が帰ってこられた後なら、そなたはどのようにでもなさるがよい」

といろいろ説得されましたので、吉三郎は長老からの日頃の恩を思い起こしまして、

「必ず仰せは違（たが）えますまい」

と請け合いました。しかし、長老はまだ不安に思い、吉三郎から刃物を取り上げ、多くの見張りをつけたのでございました。

吉三郎はしかたなく普段住んでいる部屋に入り、人々にこう語りました。

「それにしてもまあ、自分のしでかしたことではあるが世間からの批判や悪評は悔しいことだ。兄分を持つ若衆の身でありながら、本来結ばれてはいけないはずの女の恋

心にほだされ、ついつい深い仲となり、それぱかりかその相手が大罪を犯して処刑されてしまうなど、ほんとうに悲しいことだ。衆道の神仏もわたしを見捨てたもうたのだろうか」

と涙にむせび、

「とくに、兄分が帰ってこられてからの事のなりゆきを考えると、とても若衆としての面目を立てることができない。兄分がおいでになったら、わたしの面目が立たないから、その前に、早く死んでしまいたいものだ。だけれども、舌をかみ切ったり、首をくくったりすることは、世間の手前みっともない。どうか、かわいそうと思ってわたしに刀をお貸しくださいまし。このまま生きていてもしようがない」

と涙ながらに語りますのを聞いたその場の人々は、涙に濡れる袖をしぼって深いあわれを感じたのでございました。

この吉三郎のことをお七の親たちが聞きつけまして、

「あなたのお嘆きはもっともではございますが、刑場にひかれる前、お七は繰り返しこう申しておりました。『吉三郎さま、もしわたしをほんとうに思ってくださるのなら、浮世をお捨てになってどんな形でもいいからご出家なさって、わたしの菩提(ぼだい)を弔ってくださいまし。そうしてくだされば、どんなに嬉しく、また、どんなに忘れられないことでしょうか。夫婦は二世の契りと申しますゆえ、このご縁は未来永劫朽ちることはないのでございます』」

とさまざま説得を試みますが、吉三郎はなかなか聞き分けてくれません。ついには思い詰めて舌を噛みきろうとしたそのとき、お七の母親が吉三郎の耳に何やらそっとささやいたのでございました。いったいどのようなことでありましたのか、吉三郎はうなずいて「たしかにそうですね」と申したのでございます。

その後、兄分の人も寺へ帰って参りまして、もっともな意見をいたしましたので、吉三郎はついに出家の身とあいなりました。若衆のしるしの前髪が花のように散るさまはあわれ至極で、剃髪の僧も剃刀を投げ捨ててしまいそうになります。それは盛りの花が急な嵐に吹き散らされる心地で、思い合わせば、命はありましてもお七の最期よりいっそうあわれを誘います、吉三郎は古今にまれな美僧となりましたが、あたら若衆を仏門に入れてしまったことを惜しまぬ人はなかったのでございました。

いったい、恋を機縁とする出家はまことの出家と申します。吉三郎の兄分も、ふるさとの松前に帰りまして、墨染衣に姿を変えましたとか。さてさて、女と男の恋、男と男の恋がいりまじったものがたり、いずれも劣らずあわれなものでございます。
まさに世は無常であり、夢のようですが、それもまた現実なのでございましょう。

巻五　恋の山積もる源五兵衛物語

はかなく絶えるデュエットの笛

今どきのはやり歌に歌われた源五兵衛と申しますのは、薩摩の国は鹿児島の産、こんな田舎には珍しい風流な色男のことでございます。髪型はお国の習いで後ろ下がりに結って髷は小さく、腰に差した長脇差がことに目立つお国柄の武張った姿が、町人ながら許されておりました。明けても暮れても男色の道ひとすじで、いかにも弱々とした女とのつきあいは生まれてこのかた知らぬまま、今ははや二十六歳の春を迎えたのでございました。

源五兵衛が長らく可愛がっておりました若衆に、中村八十郎と申す者がおりました。二人ははじめから命がけの浅からぬ衆道の契りを交わしておりましたが、この八十郎はまた世にないほどの美少年でありまして、たとえるならば一重の桜が開き初めて物を言いかけてくるような優美な風情でございました。

雨の寂しく降るある夜、源五兵衛が暮らしております家の小座敷にたった二人で引きこもり、連れ吹き(デュエット)[1]する横笛の音は今夜はことにしめやかに響き、『徒然草』に「折にふれれば、何かはあわれならざらん」とありますように、この季節にはいっそうあわれなものでございます。窓から吹き入る強い風が梅の香りを運び、八十郎の振り袖に移り香となって、呉竹がそよぐ音にねぐらの鳥が驚いて乱れ飛ぶ声も身にしみ入ります。灯はしぜんとうつろいゆき、笛も吹き終わりまして、八十郎はいつにもまして愛しそうに源五兵衛に身を任せきった様子。気持ちよさそうに源五兵衛に語りかける言葉には、一つひとつに趣向をかえて恋の思いを忍ばせますので、こうなっては源五兵衛も可愛さが増りに増り、願ってもかなうはずのない欲が起こって参りまして、「八十郎の姿かたちがいつまでも変わらず、ずっと若衆のままでいてほしい」と思ったのでございました。

戯れのあとは一つ枕にしどけなく頭を預け、ようやく夜の明ける頃にいつともなく眠り入ってしまいましたところ、八十郎は体に痛みを覚えて源五兵衛を揺り起こし、

1　笛の合奏だけではなく、性的な技巧を暗示すると思われる。

「時間が惜しい夜なのに、おやすみになったまま過ごされるのですか」

と申しました。夢うつつのままそれを聞きました源五兵衛が、はっきり目覚めないでぼうっとしておりますと、

「わたくしとこうして語り合いますのも、今夜限りでございますので、何か名残にお聞かせくださいませんか」

と八十郎が申します。ぼんやり聞いておりました源五兵衛はさすがに悲しくなり、

「冗談でも『今夜限り』などと言ったら心配するじゃないか。一日逢わないだけでもおまえの面影が幻のように目に浮かぶのに、そんなことを言ってわたしをじらすものじゃないよ。今夜だけなんて、言っちゃいけない」

と互いに手と手を握りしめました。八十郎はちょっとほほえんで、

「なんともしようがないのがこの世、人の命は自分では決められませんよ」

と言い終わらないうちに、たちまち脈が途絶えまして、真実の別れとなってしまったのでございます。

「たいへんだ！」

と源五兵衛が騒ぎ立て、二人の仲を隠していたこともそっちのけで男泣きに泣き叫び

ますと、驚いた人々が駆けつけて参りまして八十郎に種々の薬を与えましたが、そのかいもなくすっかり命が絶えてしまったのはなんとも辛いものでございました。八十郎の親元にこのことを知らせますと、両親はひどく嘆き悲しみ、「源五兵衛さまは長年親しい仲でいらっしゃったので、八十郎の最期に疑いはありません。こうなったのではしかたありませんので、ともかくも葬儀を」と、八十郎の遺体をそのまま大甕（おおがめ）に収めまして、萌（も）え出（い）でるような若草の片隅に埋めたのでございます。源五兵衛はこの塚に突っ伏して悔やみましたが、自分も命を捨てるしか道はないとよくよく思い悩んでおりました。「いやはやなんともはかない人の命だなあ。せめてあと三年は八十郎の菩提（ぼだい）を弔い、三年後の祥月（しょうつき）命日に必ずこの墓に来て、わたしも露のように消えてしまおう」と、墓の前でただちに髻を切り、西円寺（さいえんじ）と申す寺の住職にこれまでのいきさつを語りまして、みずから出家を果たしたのでございます。夏安居（げあんご）[2]の間は毎日花を摘み、香を絶やさずに八十郎の菩提を弔い、かくして夢のようなうちにその年の秋になったのでござ

2　僧が陰暦四月十六日から三カ月間、一所に籠もって修行すること。

いました。

垣根には朝顔が咲き始めましたが、一日でしおれてしまう朝顔の花もまた、この世の無常を感じさせるものでございます。「はかなく消える露ですら、人の命よりもまだ時間があるというものだ」と、源五兵衛はもう返らぬ日々を思い出しております。七月十三日の夕暮れは亡くなった人の魂を迎える魂祭り(たままつり)のために、長い穂のミソハギを折って敷き、瓜、茄子(なす)の精霊(しょうりょう)馬をおもしろく作り、枝豆の枝を折り掛けて精霊棚をこしらえます。魂祭り用の折り掛け灯籠(どうろう)の火はほのかに灯り、棚経の声が絶え間なく続きます。お迎え火を焚(た)く苧殻(おがら)の火も消えますと、翌十四日は決算日にあたる盆節季(ぼんせっき)ですので、寺も借金から逃れられず、掛け売りの代金の支払いを請求してくる声も騒々しく、門前には盆踊りの囃(はや)し太鼓が鳴り響きますものですから、源五兵衛はその俗っぽさに嫌気がさし、いったん高野山(こうやさん)へ上ろうと志しまして、明けて十五日には故郷を出立(しゅったつ)したのでございます。その頃には出家の着る墨染(すみぞめ)の衣も涙で洗い流されて白々と色が落ち、涙を拭(ぬぐ)った袖も朽ちてしまっておりました。

もろい命を取る鳥さし

里の家々庭々は雪に備えて萩の枯れ枝を薪の上に積んで、まだ降らぬさきから軒のまわりに雪垣をしつらえ、北向きの窓を塞いで準備しております。布を打つ砧の音も騒々しゅうございます。源五兵衛が里を外れた野に向かいますと、紅葉の林に巣を求めて争う小鳥とともに、水色の袷帷子に紫の中幅帯を締め、おしゃれな金鍔を付けた脇差に茶筅髷の、年のほどは十五か六、七にはならないかと思われます若衆が目にとまったのでございます。そのおっとりした美しさは、まるで女のようでございました。

鳥さし竿[3]の真ん中あたりを手に取って、秋の種々色々な渡り鳥を狙っておりますが、百度やっても一羽も竿に止まらないのが残念そうな様子に、源五兵衛はしばらく見とれて、「なんと、この世にこれほどの美少年がいるとはなあ。亡くなった八十郎と同

3　小鳥をとるために長い棒の先にとりもちをからめた竿。

じくらいの年頃だが、美しさはそれ以上だ」と、自分が出家したことも忘れ、日が暮れるまで眺めておりました。

源五兵衛はその美少年のそばに近寄りまして、

「わたくしは僧の身ではあるのですが、鳥をとるのが得意なのです。その竿をちょっと貸してごらんなさい」

と、片肌脱ぎ（かたはだぬ）になりまして、

「おい、鳥どもめ。このお方の手にかかって命を捨てるのがどうして惜しいことがあろう。なんとまあ、衆道の情を解さぬ無粋者（ぶすいもの）めが！」

と、たちまちのうちにたっぷりと取ってさしあげましたので、この若衆はたいそう喜び、

「お坊さまはどちらのお方ですか」

と問いましたので、源五兵衛は我を忘れて出家するまでの一部始終を語ったのでございます。この美少年は身もだえするように涙ぐみまして、

「亡くなったその方ゆえのご修行とは、たいそう尊いことですね。ぜひとも、今夜はわたくしの粗末な家にお泊まりくださいませ」

と引き留められましたので、すっかりその気になった源五兵衛がついてゆきますと、ひとかたまりの森のなかに美しく立派なお屋敷が現れたのでございます。馬のいななく声が聞こえるなか、武具を飾った広間を過ぎますと、縁先から渡り廊下が長々と続き、熊笹(くまざさ)が生い茂る庭の奥に置かれた大きな鳥籠では白鷳(はっかん)、唐鳩(からばと)、金鶏(きんけい)[4]などの異国の珍しい鳥たちが鳴き声を上げております。少し左の方には中二階[5]が四方を見晴らすように造られており、上品な書棚があるところを見るとふだんの書斎のようでございました。二人がそこに座を占めますと、少年は召使いたちを呼びまして、

「このお坊さまはわたしの学問の師匠だ。心して接待しなさい」

と申しまして、あれこれともてなされました。夜に入りますと、二人はしめやかに語り合い慰め合いつつ、いつしか契りを交わして、『伊勢物語』に「秋の夜の千夜を一夜になせりとも」[6]と見えますように、一夜を千夜にと固く約束したのでございました。

夜が明けると二人は別れを惜しみまして、

4　「白鷳」は中国産のキジの一種。「唐鳩」は南京鳩のことか。「金鶏」は中国産のキジ科の鳥。いずれも美しい羽色や姿で愛玩された。

5　通常の二階よりは低く、平屋よりは高めに造られた階のこと。

「高野山へお参りの宿願を果たされましたら、またお帰りの際には必ずお立ち寄りくださいね」

と固く約束いたしまして、互いに涙を流し合いながら、源五兵衛は人に知られぬようそのお屋敷を後にしたのでございました。

出会った村人にあの屋敷のことをたずねますと、

「あれはこの土地を支配なさっているお代官の家です」

と、当家の由緒や身代について語りましたので、

「そうだったのか」

と源五兵衛は若衆のお情けが嬉しく、都に上る道もはかどらず、亡くなった八十郎のことを思い出し、また、あの若衆のことを思ってばかりいたのでございました。

仏道修行はそっちのけで、源五兵衛はようやく高野山に上ったものの、南谷[7]の宿坊に一泊しただけで弘法大師の御廟がある奥之院にも参詣せず、あっという間に故郷の鹿児島へ舞い戻ったのでした。約束を交わしたあの若衆のもとへ向かいますと、いつか見た通りの変わらぬ姿で出迎えてくれましたので、二人は部屋に籠もってこれまでの積もる思いを語り合いましたが、源五兵衛は旅の疲れで知らぬ間に寝入ってし

まったのでございます。一夜明けて、部屋に入り込んで一人寝ている源五兵衛を不審に思った若衆の父親に起こされますと、びっくりした源五兵衛は出家の一部始終、また若衆と再会したゆくたてをありのままに語ります。すると、この家の主である父親は手を打って驚き、

「なんとも不思議なことがあるものだ。我が子ながら器量自慢のあの子だが、はかないこの世の定めで、二十日ほど前にあっけなく亡くなってしまったのだよ。亡くなる直前まで、『あのお坊さま、あのお坊さま』と言っていて、熱にうかされて口走ったものかと思っておったが、さてはあなたのことだったのか」

と、つくづく悲しみにくれて嘆いたのでございました。

それを聞いた源五兵衛はこの期(ご)に及んでは命など惜しむ気も失せて、「この場で命を捨ててしまおう」と思いましたが、かといって人の命はままならず、死のうと思い

6　「秋の夜の千夜を一夜になせりともことば残りて鳥や鳴きなむ」（『伊勢物語』第二十二段）による。謡曲「六浦(むつら)」にも見える。

7　高野山の山上は弘法大師廟がある奥之院と修法壇が設けてある壇上（場）に分けられるが、その壇上の南にあたる場所。

ましてもなかなか死ぬことなどできぬものでございます。「短い間に愛する若衆を二人までも喪った悲しいありさまなのに、いまだに自分はピンピンしていることが我ながら口惜しくてならない。しかし、亡くなった二人の若衆がわたしに人の命のはかなさを教えてくれたということは、なみなみではない因縁があったというべきなのだろうな。ああ、なんて悲しいことだ」との思いにうち沈んだのでございました。

両手に花がぱっと散る衆道

さて、「死のうと思ってもなかなか死ねるものではないのが人の命」などと申しましたが、だいたい、人間というものほどあさましく情けないものはございません。世の中をちょっとばかり観察してみますれば、まだまだ無邪気で可愛い盛りの子どもを亡くしたり、また、末永い縁を誓った妻君が若死にしたりしますと、こんな辛い思いをするくらいならすぐに死んでしまいたい、などと誰でも思うのでございますが、涙にむせんでいる間にも、すでに欲というものにとりつかれるといった見苦しい始末。たとえば、の話でございますが、女の場合は、物欲のままにいろいろな物に心ひかれ、あるいはまた、思いつきの損得勘定で、夫が息を引き取らぬうちから素知らぬ顔して再婚話に耳を傾け、死んだ夫の弟とたちまちひっついて家を相続させるなどということをいたします。また、親類縁者から似合いの入り婿を迎えることになれば、新たな夫との暮らしに心が浮き立ちまして、連れ添った亡き夫のことは放ったらかしたまま、念仏を唱えるのも形ばかりとなり、花を供えるのも人目をはばかってのこと。三十五日になるかならないかのうちに、こっそり薄白粉を施し、髪型も油をつけて手入れしながら結わずに無造作を装い、華やかな下着を地味な小袖の下にしのばせるなど、目立たないようにしているのはかえって人の気をひくものでございます。

時には無常に深く心を致し、世のはかなさについての物語を聞けば、髪を下ろし、人けのない野中の寺で暮らして、「はかない朝露でも、せめては草葉の陰の人に手向けましょう」などと言う。あるいは、刺繡や箔で彩られたり鹿子模様だったりの衣裳を引きずり出しては、「あれもこれもいらなくなったものだから、お寺に寄進して天蓋や幡、敷物にしてちょうだい」と言ってはみるものの、どれも袖が小さくてちょっとばかり流行遅れなのを気にする様子。いやはや、女ほど恐ろしいものはございません。するなと引き止める人には、嘘泣きしておどしをかけます。このように世の中には、化物と、再縁せず独り身を通す女などおらぬというもの。ですから、男のほうは女房の五人や三人亡くしてのち、何度後添えを迎えてもとがめられる筋合いはないってもんでございますよ。

ところが、男どうしの道はそんな女相手の色恋とは違いますので、源五兵衛入道は若衆二人まで無惨にも喪うという憂き目を見て、亡き人々の菩提を心を込めて弔う気持ちから、へんぴな山の陰にひっそりと草庵を引き結びまして、極楽浄土を願うばかりで色恋もぷっつり止めてしまいましたのは、まったく殊勝なことでございました。

その頃、薩摩潟浜(さつまがたはま)[8]の町というところに、琉球屋(りゅうきゅうや)なにがしの娘、おまんと申す者がおりました。年のほどは十六ばかり、十六夜(いざよい)の月もうらやむ美しさに情け深い心根で、まさに恋する乙女ざかりは見る人がみな思いを寄せるほどでございました。

この女は、去年の春から源五兵衛の男ぶりに深く惚れ込んで、数々の手紙に思いのたけを詰め込みこっそり送らせていたのでございますが、源五兵衛がまったく女とはかかわらず、一切返事がないことを悲しみまして、毎日毎夜、源五兵衛を思うばかりの日を過ごしておりました。ほかから縁談が申し込まれるのをうとましく思い、とんでもない仮病をつかい、人に避けられるおかしなうわごとなどをつぶやく様子は、まさに常軌を逸した人のように見えたのでございました。

源五兵衛が出家したことを知らなかったおまんでしたが、あるとき、人が語るのを聞くやいなや、「それはなんて情けないこと。いつかこの思いを遂げる機会を楽しみにしていたのに、そのかいもないとは悔しいわ。出家してしまったなんて恨めしい。これはぜひ押しかけて行って、一度でいいからこの恨みを申しあげなければ気がすまないわ」とにわかに家出を思い立ちまして、こっそりと手ずから頭のてっぺんを剃って前髪を残す若衆の髪形にし、衣裳もかねて用意しておりましたのかまんまと若衆姿に変じたのでございました。

古歌に「恋の山しげき小笹の露分けて……」[9]と詠まれますように、恋心のたぎるまま源五兵衛の草庵がある山に入り、あちこち生えた根笹の霜を払いながら行く神無月、

8　鹿児島市浜町。「薩摩潟」は鹿児島湾を指す。
9　「恋の山しげきをざさの露わけて入りそむるよりぬるる袖かな」(『新勅撰集』)。

いつわって若衆の格好をしているものの、中身は女ゆえに心細く思いつつ、はるばる山道を過ぎ、人から聞いた村から遠く離れた杉林に入りますと、後ろには険しく重なる岩石、西のほうには深い洞窟という荒れ果てた景色に心は落ち込むばかりでございます。頼りない朽ち木の丸太を二つ、三つ、四つばかり並べ渡しただけの橋も不気味で、その下にはごうごうと流れる川に波が砕け、まるで魂も恐ろしさに消え失せるようでした。その先のわずかな平地に、片庇[10]の草庵がありました。その軒端にはびっしりと葛が這い回り、その先からしたたる雫はどうやらこのあたりだけに降った通り雨のようでございました。

草庵の南面には明かり取りの窓がありましたので、そこから内側をのぞいてみますと、貧しい家によくある琉球渡りの小さなこんろただ一つに生松葉がくべられて、天目茶碗二つのほかには杓子のようなものさえなく、なんとも痛ましい暮らしぶりでございました。「こんなわびしいところに暮らしてこそ、仏の御心にかなう修行ができるというものなのね」と思ってまわりを見回しましても、主の源五兵衛が留守なのが悲しく、どこへ行ったかとたずねる者も松の木以外にはありませんでしたので、待つしかないと、戸が開くのを幸いと庵室に入ってゆきました。

書見台に本がのせてありましたので、なんだろうとのぞいてみますと、『待宵の諸袖』[11]という衆道の必携本でした。「さては、今でも男どうしの道は捨てていないんだな」と納得し、源五兵衛の帰りを待ちわびながらそれを読んでおりますと、しばらくして日が暮れ、文字も見えづらくなりました。灯火をつける手段もなく、だんだんと淋しさがつのり、一人で夜明かしするつもりでおりましたが、これもひとえに恋心ゆえのことなのでございました。

夜中頃でしょうか、源五兵衛入道が粗末な明かりを頼りに庵近くまで帰って参りましたのをおまんは嬉しく思っておりましたところ、枯れた荻原から同じ年頃と覚しき高貴な若衆が二人、立ち現れたのでございます。どちらが花か紅葉か見分けのつかぬほどのいずれ劣らぬ美しさで、一人は恨み、もう一人は嘆き、若衆としての熱い思いをぶつけあっております。源五兵衛が二人の若衆のはざまで、どちらの思いにも振り回され、愛執に悩まされて悶々と悲しむありさまは見るも哀れではありましたが、お

10　一方にだけ傾斜するように建てた屋根。
11　現在伝来する本が見えないので、実在の書物かどうかは未詳。作者の創作の可能性もある。

まんはふと興ざめして「それにしても、気の多い人だこと」と、少しわずらわしくなってきたのでございました。

しかしながら、「ここまできたのだから、何もせずにいることはできない。わたしもいちおうは思いのたけを打ち明けてみよう」とおまんが庵から出て参りますと、その姿に驚いて二人の若衆は消えてしまいました。「どうしたのかしら」と思っておりますと、源五兵衛入道が不思議そうに、

「どちらの若君ですか」

と声をかけます。おまんはその言葉が終わらぬうちに、

「わたくしは、御覧の通り衆道の誓いを立てようとする者。かねがねお坊さまのお噂をうかがい、命がけでここまで忍んで参りましたのに、こんなにたくさんの若衆へ思いをおかけになっているとは……。そうとも知らず、あなたへの恋心を大切にしてきたのは無駄だったのですね。わたくしの思い違いでしたよ」

と恨み言を申しますと、源五兵衛は手を打って感嘆しまして、

「これはもったいない御こころざし」

と、またしても新たな若衆に心を移し、二人の若衆はすでに亡くなった者の亡霊なの

ですと一部始終を語ったのでございます。それを聞いたおまんともども、二人して涙にむせび、

「そのお二人のかわりに、わたくしを大切にしてお見捨てになりますな」

とおまんが申しますと、源五兵衛は感激の涙を流し、

「出家したとはいえ、どうにもこの道は捨てられないものだよ」

と、もはやおまんにじゃれかかる始末。「知らぬが仏」と申しますが、おまんを男と思い込んでおりますからには、仏様もお許しになるということでございましょう。

情けは男と女の取り違え

「わたしはもともと出家をしたときに、女色の道とはきっぱり縁を切ると仏様に誓ったのです。しかし、心の中で前髪立ちの美少年を愛することは止められなかった。これぱっかりはお許しください、と出家したときから諸仏にお願い申しあげてきたので、

今さらあなたとの仲を咎める人など誰もいませんよ。わたしを愛しく思ってたずねてくれたのだから、末永くお見捨てなさるなよ」

などと言いながらいちゃついて参りました。おまんは笑いをこらえかね自分の太ももをつねって胸をさすり気を落ち着かせて、

「わたしが申しあげることもおわかりになってくださいまし。あなたの昔の姿を恋い慕い、また今はご出家姿もいっそう素敵で、こんなにまで心で悩み、恋に身を捨てたのですから、これから後はわたし以外の若衆とのおつきあいは御法度ですよ。わたしの言うことはあなたが嫌でも決して逆らわないというご誓文を書いてくださらなければ、とても二世の契りはお約束できません」

と申しますと、源五兵衛入道は愚かにもうかうかと誓紙[12]をしたため、

「こうなったらあなたのために俗人に戻ってもいい」

という言葉の端から漏れ出すフンフンと激しい息づかい。おまんの袖口から手を差し込み、肌にさわりますと、褌をしていないことをいぶかって奇妙な顔つきになるのも、おまんからすればおかしなことでございました。

その後、源五兵衛が小物入れから何かを取り出し、口にいれて嚙んでおりますのを、

「何をなさっているのです?」

とおまんがたずねますと、源五兵衛は顔を真っ赤にしてそのまま隠してしまいました。なるほど、これこそが衆道の交わりで用いる「ねり木[13]」というものか、とおまんはよけいにおかしさがこみあげ、袖を振り放し笑いをこらえて突っ伏しますと、源五兵衛入道が脱ぎ捨てた衣を足ですみに押しやっておまんに抱きつきましたのは、いかにも夢中で他のことが目に入らない証拠でございましょう。後ろで結んだ中幅帯を解きかけて、

「ここは里とは違って風がきついから」

と、木綿の大きな夜着をかけ、

「ほら、これ」

と腕枕をしてやる夢見心地の源五兵衛は、まだ抱いてもおりませんのにおまんのとりこになってしまったのでございます。

12　巻一、注2参照。

13　トロロアオイの根から作られた潤滑液の元。「通和散」として薬種屋で販売された。

ためらいながらおずおずと手をおまんの背中に回しまして、

「まだ灸もなさらないようで、傷ひとつないきれいな肌だね」

と、腰から下に手を這わせますので、おまんは気味悪くなって参りました。折りを見て嘘寝をしてみますと、源五兵衛入道はあせって耳をいじります。そこでおまんが片足をもたせかけますと、入道は突然現れた緋縮緬の腰巻にびっくり仰天いたしました。よくよく見れば顔つきは優しく女っぽく、入道はあっけにとられしばらくは言葉も出ず、そのまま起き上がろうとするのをおまんはひしと引きとどめました。

「さっきお約束した、『わたしが言うことにはどんなことでも逆らわない』ということを、もはやお忘れになったわけではないでしょうね？　わたしは、琉球屋のおまんという女です。今までさんざん恋文をお送りしたのに、薄情にもお返事なさいませんでしたね。それはお恨み申しますけど、あなたが恋しいあまり、こんな若衆に身をやつしてたずねて来ましたのに、まさかいまさら嫌だとおっしゃるのかしら？」

と、心底からの恋心をぶちまけて源五兵衛入道を口説きますと、入道はたちまちその気になりまして、

「恋の相手が男だろうと女だろうと変わりないよね」

と意外なほどおまんに夢中になるとは、なんとも心変わりの激しいこと。気まぐれから出家した者は、源五兵衛に限らずみなこんなもんでございましょう。なるほど、拒みきれずはまってしまう女の深い落とし穴には、あのお釈迦様ですら片足突っ込んでおられるってもんでございますな。

金銀もありすぎは困るもの

下ろした髪も一年たてば元通り、墨染衣を脱げば昔と代わらぬ姿になるものでございます。源五兵衛は入道からもとの名前に戻りました。暦のない山奥の生活では梅の花で春の訪れを知り、浮ついた気持ちのまま過ごし、正月にはこれまでの精進を止め、二月はじめ頃に鹿児島の片隅に、かつての知り合いの世話で板葺きの小家を借りてひっそり住み始めたのでございました。しかし、暮らしのたつきがありませんので、源五兵衛が実家を訪ねてみますと、すでに人手に渡っており、両替屋をしていた頃の天秤(てんびん)の響きも絶え果てて、今は軒先(のきさき)に味噌売りの看板がかかっておりますさまを悔しく眺めて通り過ぎました。自分を見知らぬらしい男に、

「このへんに住んでいた源五右衛門という人はどうなりました?」

とたずねてみますと、その男は伝え聞いたことをこう語ったのでございました。

「源五右衛門さんははじめ裕福に暮らしていたが、息子の源五兵衛という国にはまれなほどの美男で類のない好色者が、八年間におおよそ千貫目[14]を使い果たし、残念なことに両親は落ちぶれてしまった。源五兵衛は恋に目がくらんで身を捨ててやくざな坊主になったということだよ。世間にはこんな馬鹿がいるもんだね。末代までの話の種に、そいつのツラを一目拝みたいものだよ」

源五兵衛は、「そのツラはここにあるんだが」と思うと恥ずかしく、編み笠を深々とかぶって、ようやく家に帰りましたが、夜の灯火の油も買えず、朝の炊事の薪(まき)も使い果たして、その日暮らしはなんとも悲しく、人の恋も色事もまともに暮らしておればこそできるものだと痛感したのでございます。

おまんと枕を並べてやすみましても、しみじみと寝物語をすることもありません。明けて三月三日は桃の節句で、子どもがよもぎ餅を配ったり、闘鶏(とうけい)などのいろいろな

遊びで賑わいますのに、うってかわって我が家の貧乏ぶりと申しましたら。お供えの折敷はあっても載せる鰯もなく、桃の花を手折り酒の入っていない徳利に差しっぱなしのままその日が暮れます。節句の後宴がおこなわれる翌日四日は、そんな余裕がありませんのでいっそう辛いものでした。

　二人が生計を立てるため、源五兵衛は都で見覚えた歌舞伎の所作事を見せることにして、急ごしらえの舞台化粧に髭を付け、恋で落ちぶれた奴の身ぶりを演じます。

「♪都で名高い嵐三右衛門そっくり、やっこの、やっこの」

と歌い踊りましても腰がさだまらぬ素人の下手くそぶり。

「♪源五兵衛どこへ行く、薩摩の山へ、鞘が三文、下げ緒が二文、中は檜木の荒削り」

と「源五兵衛節」を胴間声でがなりたて、村の子どもたちのご機嫌とりをいたします。

　かたやおまんはもっぱら、

「♪高い山から谷底見れば、おまんかわいや布さらす」[15]

14　銀千貫目。現代では約十五億円。

と歌いながら布を両手に持って晒(さら)す所作をおもしろおかしく演じまして、細々と世渡りをしておりました。このように、恋に溺れた身は恥を捨ててしまうのでしょうな。みすぼらしくなり昔の姿から変わり果ててしまいましても、薄情な世間では誰もあわれをかけることなく、二人はしぜんとしぼんでゆく紫の藤の花のように衰えていきました。紫のゆかりである親戚を恨んで不運を嘆き、もう今日が最期と覚悟をしたのでございます。

ちょうどそのとき、長らく娘の行方(ゆくえ)を探しておりましたおまんの両親がようやく二人を見つけ出して大喜びいたしました。

「とにかく娘が好いた男なのだから、一緒にさせて家を継がせよう」

と、大勢の使用人が迎えに参りましたので、両親ともども喜びの再会とあいなりまして、蔵、金箱(かねばこ)など三百八十三もの鍵を源五兵衛に渡したのでした。

日柄(ひがら)のよい日を択び、蔵開きいたしますと、大判二百枚と書き付けのある箱六百五十、小判千両入りの箱が八百、銀十貫目入りの箱は積みすぎて黴(かび)が生(は)え、うなるほどのすさまじい量。丑寅(うしとら)の角(すみ)[16]に七つ壺があり、極印(ごくいん)打ち立ての新鋳(しんちゅう)の一歩(ぶ)銀が蓋(ふた)が浮き上がるくらいにびっしり詰め込まれております。銭などは砂のようにたくさんあって、いささかむさ苦しく見えるほどでございました。

裏庭の蔵を開いて見ますと、古い舶来の絹織物が山をなし、高価な香木の伽羅は量り売りの薪のように積み上げられております。珊瑚玉は一匁五分から百三十匁までの無傷のものが千二百三十五、刀の柄に巻く舶来の鮫皮、青磁の道具も数限りなく、古瀬戸焼の茶入れなど骨董の類いが欠けるのもかまわずごろごろ転がっております。そのほか、人魚の塩漬け、瑪瑙の手桶、「盧生の夢」[17]で知られる邯鄲の米つき杵、浦島太郎の包丁箱、弁才天が前に下げる巾着袋、福禄寿が長い頭を剃る剃刀、多聞天の護身用の枕鑓、[18]大黒さまの千石通し、[19]恵比須さまの小遣い帳、などなど、一々数え上げればきりがありません。まさに、この世にあるものでないものがないほどの宝

15 延宝年間以前に流行した「源五兵衛節」には、「源五兵衛どこへ行く　薩摩の山へ　高い山から谷底見れば　おまんかはいや布さらす」とある。
16 北東の角。
17 中国唐代、盧生が不思議な枕を借りて富貴な一生を夢に見るが、目覚めるとそれは一瞬のことだった、という故事。
18 枕元に置く護身用の鑓。
19 搗いた米と糠をふるい分ける農機具。大黒天は俵の上にすわっていることから。

の山だったのでございます。

源五兵衛は目がくらむ宝を前に嬉しいやら悲しいやら、なんともいえない気持ちでこう思ったのでございました。

「江戸、京、大坂の太夫(たゆう)を一人残らず身請けしても、芝居興行に出資して金を捨てても、わたし一代で使い切ることはできないだろう。何かに使うといっても使いようが思い浮かばない。これはいったい、どうしたらよいのだろうな」

(はてさて、夢のようなお話はこれにて全巻のおしまいでございます)

解説　恋する・五人の・女たち

田中貴子

はじめに

薄い壁を通して隣の女の部屋から漏れてくる睦言(むつごと)に、思わず内職の手を止めて聞き入る主婦のサチ子。谷川岳への道のりを語る男の声は、深く彼女の女の部分に響いた。後日、声を頼りに出会ったその男と、サチ子はベッドをともにしてしまう。ところが、男と別れたあとに財布をのぞくと、そこには見知らぬ三万円が入っていた。

サチ子は一世一代の恋をしたと思っていたが、あの男は自分を三万円で買ったのだ。手が震え、からだが震えてきた。

——向田邦子の小説、『隣りの女』（文藝春秋、1981）である。この小説は同年ドラマとなり、TBSテレビで放映された。これをリアルタイムで視聴した私は、四十年以上たった今でも、その場面場面を脳裏に再生することができる。それほど鮮烈な印象のドラマであった。サチ子は桃井かおり、そして男は根津甚八。根津の声の演技は、まるで当て書きしたかのように素晴らしかった。

ニューヨークへ去った男に逢うため、定期預金を解約して飛行機に乗ったサチ子の手に握られていた本こそが、『好色五人女』だったのである。

「よもやこのこと、人に知られざることあらじ。この上は身を捨て、命かぎりに名を立て、茂右衛門と死出の旅路の道連れ」

離陸するときの震えか気持のおののきか、サチ子は、いつまでも震えがとまらず、膝の上の『五人女』の同じところに目を走らせていた。

サチ子が「主婦売春」の汚名を返上し、それをまぎれもない恋にするためには、自分なりの道理を立てる必要があった。その媒介として『好色五人女』を登場させた向田の手わざは、鮮やかというほかない。というのも、『隣りの女』のサチ子の行動は、現代から『好色五人女』を逆照射するものとなっていると考えられるからである。

私見を述べる前に、まずは『好色五人女』という作品について基本的なことがらを解説してゆこう。やや煩雑に思われるかもしれないが、近世文学が専門ではない私がどのように本書を読むに至ったかという経緯をたどるためにも、本書が読まれてきた歴史についての話から始めたい。

『好色五人女』はどのように読まれてきたか

『好色五人女』(以下、『五人女』)は、貞享三年(1686)二月上旬、大坂・北御堂前の森田庄太郎より刊行された。ジャンルとしては浮世草子と呼ばれ、現代なら小説に相当する。作者は西鶴ということになっているが、実は刊行されたものには作者の署名や序文跋文のたぐいもなく、西鶴の実作であると決定づける証拠は見当たらないのである。森銑三は、まぎれもない西鶴の実作は『好色一代男』ただ一つで、あとは弟子である北条団水の作だとすら言う(「西鶴と西鶴本」『森銑三著作集　第十巻』)。なお、計量日本語学の面から、本書で使用されている語彙を分析して西鶴実作だとする論もある(上阪彩香、村上征勝「CE1-5　数量的な観点から「好色五人女」の文章に関する検討」『日本行動計量学会大会抄録集』44号、2016)。

近年は西鶴実作と考えてよかろうという説が定着しているが（木越治「よくわかる西鶴『好色五人女』巻三文体分析の試み―『文学・語学』215号、2016」など）、古典文学の場合、一人の作家が一から執筆するという現代の作家事情とは異なる面がある。むしろ、単一の作者のみを想定する作家主義と古典文学とは、相容れない部分が多いのである。作家の生涯と関係づけて作品を解読しようとする方法はすでにすたれたといってよく、その必要もないだろう。作品は作品そのもので自立しており、それだけで読むに足るものが「古典」となるのだ。

本書は全五巻で構成されており、それぞれが「〇〇物語」と名づけられている。後で述べるように、本作にはモデルとなった事件があるのだが、あえて「〇〇物語」としたのは、これはあくまでフィクションなのだ、そのつもりで読んでもらいたい、という作者の意図を反映しているとも考えられる。

五巻構成となっていることに意味を見出す説は多く、能の五番立（祝言・修羅・女・狂・鬼）の順にならったもの（山口剛『西鶴名作集 上』解説）や、浄瑠璃の五段構成を取り入れたもの（暉峻康隆『好色五人女評釈』）、また、当時流行していた評判の歌祭文（語り物）五編をまとめた本に基づく（野間光辰『刪補西鶴年譜考證』）、などがあるが、いずれも確定的とはいえない。五巻のうち、巻一と巻五は刊行年よりずいぶん前の事件であるのにくらべて、その他は刊行年に近い事件を取り上げていること、また、人妻が主人公のもの二編に対してほかの三編は娘であること、などの特徴があるが、特別の配列意識に基づくとは考えにくいようだ。

ただし、たとえば巻一が「宝船」の描写に始まり、巻五が宝であふれた蔵で終わるといったことは、「全巻の終わりをめでたしめでたし」で終える俳諧（連句の揚句）のパターンに西鶴が従ったともいわれる（東明雅『新編日本古典文学全集』「解説」）。西鶴は浮世草子を書く前は俳諧師として身を立てていたから、こうした考え方にはいちおうの納得がゆく。しかし、人の死を描いていないからといって巻五がハッピーエンドといえるかどうかには疑問が残り、巻五を別の角度からとらえ直す説もある（篠原進「『好色五人女』〈巻五〉ノート」『青山語文』26号、1996）。

さて、研究史はこのくらいにして、『五人女』が今までどのように読まれ、評価されてきたのか、ふりかえっておきたい。『五人女』は悲恋を描いた作品だ、と何となく思っている方が多いかもしれないが、現代語訳をお読みになってその印象は変わったのではないだろうか。「悲恋」というには、滑稽で笑える場面が目立つことに驚かれたかもしれない。『五人女』をロマンティック・ラブの視点から読もうとする動きは、明治時代から起こっているのである（井上泰至『恋愛小説の誕生』笠間書院、2009）。

明治の文芸評論家、劇作家である島村抱月は、『五人女』を次のように評している。

いかにも彼れは色道の快楽を中心として其の作を仕組んだ。物語の表は快楽観の人生である。併し其の底に作者の思想として潜んでゐるものは直反対なる哀傷である。（「『五人女』に見えたる思想」『早稲田文学』明治39年〈1906〉12月）

抱月の評価の主軸はあくまで「哀傷」であり、その背後には明治らしいロマンティック・ラブ・イデオロギーがあったといえよう。ちなみに、平塚らいてうが「新しい女」という評論を『讀賣新聞』に連載したのが一九一二年のことだ。本邦初の近代的な「女優」となった松井須磨子のパートナーらしく、『五人女』を「自立的に恋する女の人間性を描く物語」だと解釈するのである。

これと同じく、劇作家の真山青果もまた、『五人女』に人間性の悲劇を見ようとする。

真に人間を観、人間を解剖し得た作品なら、たとへ如何なる卑猥な事を描いてあらうとも、卑猥その物を感ずる前に、人生の厳粛と云ふものに面を打たれなければならぬ筈である。（「西鶴の五人女に就て」『新潮』明治43年〈1910〉12月）

明治の男性の目から見れば、女性が積極的に性愛を求めることは「卑猥」だったのだろう。それを「人間」の生の営みだと解する方向性は、抱月と同じであると言ってよい。相田みつを風にいえば、「エッチだけどしようがない。だって、にんげんだもの」ということである。

こうした評価に対して、大正から昭和時代にかけてはやや異なった言説が見られるようになる。たとえば近世文学研究者である暉峻康隆のように、封建時代における女性の奔放で情熱的な恋愛を悲劇を描く作品として把握しようとするものである。

「五人女」は悲劇の文学であるといはれてゐるが、（中略）たとへ正しくあらうとも、私のモラルを捨てて大きな現実の前にひざまづく悲痛さこそ、「五人女」の悲劇的性格であり、またリアリズムの大道を驀進する作家のみごとさであらう。（『西鶴　評論と研究　上』中央公論社、1948）

封建制度という厳しい時代のなかで掟破りの恋に殉じたからこそ、悲劇なのだ、という説である。暉峻は、西鶴が近世のモラルや厳しい制度に抵抗する意図をもって『五人女』を書いた、と述べるのである。江本裕（えもとひろし）はこうした暉峻の理解に次のような背景を指摘する。

敗戦による解放を得て対象を歴史的社会的条件の中で新しくとらえ直そうとする、時代の精神とも密接につながっていたと筆者は考える。（『好色五人女　全訳注』）

このように、作品の評価はそれが読まれる時代の社会的状況と不可分に結びつくものであることがわかるだろう。なお、戦前戦後は言論統制により「好色」と名のつく書物は伏せ字だらけで刊行されていた。

この流れで考えれば、一九七〇年代から一九八〇年代には、フェミニズム（当時はウーマン・リブ）の文脈から『五人女』が読まれたこともあった。『五人女』の現代語訳をはじめ、西鶴論をものしている作家の富岡多恵子がそうである。興味深いので、やや長いが引用してみよう。

『好色五人女』のほうは、同じ「好色」といいましても、その当時近松などの心中物でもご存知のように、要するに女のひとが恋愛をすること自身御法度だった、ですから恋愛ということがこの場合は「好色」という意味あいで使われていると思うのですが、女のひとの生命的な発情というか、女が年頃がきて男に興味をもって好きになる、それで好きになったその男を追っかけたりするだけでも当時の掟としてはとにかく殺されます。（中略）結婚に自分の意志がまったく認められない時代ですから、なにかの拍子で夫以外の男性に恋愛感情をもってしまった場合、恋愛感情がさほど意識されなくても結果としてそう見える場合も、とにかく殺されるわけです。（『西鶴のかたり』岩波書店、１９８７）

富岡の言は、『五人女』のフェミニズム批評というべきものである。一九六〇年代のウーマン・リブ運動を体感している富岡だから書けたのだ。ちなみに、一九七五年の国際婦人年ののち、「女子に対するあらゆる形態の差別の撤廃に関する条約」を日本が批准したのが一九八五年のことだった。「とにかく殺されるわけです」と繰り返される富岡の言葉からは、暉峻のような封建体制への抵抗ではなく、抑圧され続けた当事者の強い怒りの念が見てとれる。

さて、暉峻の論は長らく『五人女』の読まれ方に影響を与えてきたが(暉峻がマスコミに登場することの多い名物学者であったこともその一因だろう)、先に述べたように、読者のなかでこれほどの「悲劇性」を感じた方はあまりいないのではないだろうか。たとえば巻一では、お夏清十郎が出奔しようと乗った船中で飛脚と乗客との間の面白おかしいやりとりが始まったり、巻三でも、丹波に逃げたおさんが田舎者の「是太郎」と結婚させられそうになるくだりなど、悲劇というより喜劇的な箇所が多々見られるからだ。

封建制下の悲劇、という読み方には、やがて様々な異が唱えられるようになる。たとえば、次のような論もある。

これら各巻の女性に対する作者の視点は、けっしてヒューマンなものではないし恋の自由を讃えるという種のものでもなかったと考えねばなるまい。（檜谷昭彦『井原西鶴研究』三弥井書店、１９７９）

お気づきのように、本書では語り手（西鶴自身ではなく、作品に内在する存在としての語り手）が「されば、一切の女、移り気なる物にして」（巻二）などのように、女性に対する厳しい戒めを説く箇所も見られ、たしかに人間的な恋の喜びを手放しに賞賛するという姿勢は見られない。現代語訳にあたって私が「口上」に示したような人物を語り手に設定したのは、こうした箇所がまるで「おじさんの小言」のように感じられたからである。今回の現代語訳は、ロマンティック・ラブや悲劇性、人間性などを読み取る説とは立場を異にし、事件を物語化するにあたって西鶴がいかに面白く読んでもらうかという工夫を施している点を重視した。語り手に「好奇心旺盛で情にあついおじさん」という人物を設定し、噺家の口調を意識したのは、西鶴のスピーディーでユーモラスな語りの面白みを反映させたかったからなのである。

この立場は、暉峻の読みを批判した近世文学研究者の谷脇理史（たにわきまさちか）の説に影響を受けている。谷脇は、実際の事件をモデルとした『五人女』は読者の存在やその反応を意識して書かれたとし、首尾一貫する主題を求めるべきではない、と論じた（「『好色五人女』論序説―その読者意識の持つ意味を中心に―」『近世文藝』15巻、1968）。作中のさまざまな工夫や趣向こそが、読者を愉しませるための仕掛けなのだという論である。

谷脇はさらに、こうも言っている。

> 私は、浮世草子である『五人女』は、読者の涙を必要としない慰み草・笑い草として読んでよい、むしろ読むべきだと考えている。好色であるがゆえに、一般の家庭の子女とは異なった生を生き、読者を哄笑（こうしょう）させながら悲劇的な結末を迎える主人公たちは、それによって浮き世の人のさまざまなありようを読者に伝え、読者を楽しませることで、その役割を十分に果たしているのである。（『新版好色五人女』解説、傍点ママ）

ただしこの説も、『五人女』の現在までの研究史を概説した南陽子によれば「戯作性を強調するあまり愁嘆場を過小評価する傾向」と批判されており（『好色五人女』作品の研究史、『西鶴と浮世草子研究』vol.3、２０１０）、悲劇か喜劇かというような単純なとらえ方を超えた作品研究が望まれているようである。目まぐるしく変化する社会情勢に、インターネットを中心とする情報の洪水、そして恋愛不能の時代ともいうべき令和の世にあって、『五人女』を読み解き、評価するのは難しいのだろうか。

ここで、冒頭に引いた向田邦子の『隣りの女』に立ち戻ってみたい。この小説は、『五人女』の一つの読み方を提示しているように思うからである。人妻であるサチ子を主人公とするからには、『隣りの女』が深くかかわるのは巻二のおせんと巻三のおさんという、二人の人妻の「密通」であるはずだ。サチ子が隣室に来ていた男と寝てしまったのは、男の人間性を知った上で愛情を抱いたからではなく、偶然が重なったもののはずみによるものだった。そこに、恋に恋する感情がまったくなかったわけではなかろうが、サチ子の「恋」とは、隣から聞こえる男の声に触発された性愛そのものという側面が大きいと思われる。小説が発表された一九八〇年代当時、「不倫」は秘められた悪徳とされたからこそ、『五人女』を媒介としてサチ子はそれを恋へと転換しなければ自分への道理が立たなかったのである。これは、あくまで自分が選んだ恋なのだ、と。

女にも「義」（道理）がある――。『隣りの女』を通してあぶり出された『五人女』の「恋」とは、重なった偶然、もののはずみで始まった事態を自らのうえに引き受けるための選択だった、という読み方もあり得ると思うのだ。これは、人妻であるおせんやおさんだけに限るものではなく、たとえば巻四のお七も、死罪が決まったあとは凛とした態度でそれに従い、巻一のお夏も清十郎の死を知ってからは潔く出家して清十郎の菩提を弔うのである（巻五のおまんの場合はあまり当てはまらないようだが、生活力のない源五兵衛とともに見世物芸をして生計をたてるのは、大店のお嬢さんにとっては決断が必要だったともいえる）。

お夏、お七、おまんら娘の場合は、「あのお方と寝てみたい」という性愛（当時としては性愛こそが恋である）への渇望が感じられるが、おせんやおさんとて、サチ子が男の声に情動を揺さぶられたように、人生を変えるかもしれないもののはずみに性愛という要素がまるでなかったとはいえないだろう。すでに指摘されているが、未婚のときのおせんは「あはぬさきよりその男をこがれ」るし、おさんも「いたづらものとは、後に思ひあはせ」られるような、後々恋に陥る余地が十分に暗示されているからである。

「義」を立て通そうとする女たちにくらべて、相手の男たちの影は薄い。巻三の茂右衛門は忠義な奉公人だったはずがおさんを丹波に置いてふらふらと京へ帰ってきてしまうし、妻の実家の財産を相続しながら「使い切ることはできないだろう……どうしたらよいのだろうな」と思い悩む巻五の源五兵衛など、現代人なら「クズ男」と呼ばれること必定である。がしかし、これも人間の弱さをありのままに描いたもので、西鶴の鋭い人間観察の現われということができる。男は弱く、そして女は強いのである。本書はタイトル通り、「恋する・五人の・女たち」とその性愛と「義」の物語を、読者サービスとしての娯楽的要素を交えて描いたのだと考えたい。

『好色五人女』と古典文学

次に述べておきたいのは、本書が近世以前の古典を多く摂取しているという点である。現代語訳や注を施すにあたっても、この特色をなるべく生かすよう心がけた。それは私が近世以前の古典文学の研究を専門としているゆえであり、これまで広く深い研究史を持ち、現代語訳も多々ある『五人女』を新たに訳出するにあたって、自分なりの方法を模索した結果の一つが、近世以前の視点から『五人女』を読む、ということだったからである。

日本の古典文学を英訳して世に広めたコロンビア大学の東洋思想学者、ウィリアム・セオドア・ド・バリー（Wm. Theodore de Bary）は、『五人女』を英訳するにあたって次のような序文を付している（拙訳）。

西鶴の詩情に富み、生き生きとしたウイットにあふれる豊かな言語芸術を英訳するのは、ジェイムズ・ジョイスの『フィネガンズ・ウェイク』を現代の英語に翻訳するのと同じくらい難しい。（「Five Women Who Loved Love」Tuttle、1956年初版）

『フィネガンズ・ウェイク』は日本語訳が不可能といわれたこともある小説で、英語独自の難解な修辞で知られるが、『五人女』がそれに匹敵するとされたのは、ひとえに、近世以前の古典文学がさまざまな位相において織り込まれているからだろう。これは現代人にとってもやっかいな問題で、背後にある古典の文脈を知っていなければ興趣がそがれるばかりか、『五人女』がそこで語りたいものを見逃してしまう可能性があるのだ。

一口に古典の利用や摂取といっても、本文中に作品名を提示したり具体的な語句や言い回しを引用している場合もあれば、場面設定やストーリー展開において古典に描かれた趣向を用いていると思われる場合もある。また、挿絵に古典の影響が認められる場合も少なくない（信多純一（しのだじゅんいち）「中世小説と西鶴」『文学』４４巻９号、１９７６）。こうした古典摂取については諸注釈書が指摘しているが、どこまでを「摂取」と呼ぶべきかは線引きが難しい。

由井長太郎編著『西鶴文芸詞章の出典集成』（角川書店、１９９４）は具体的な文言についてその出典と思われるものを調査した労作であり、江本裕・谷脇理史編『西鶴事典』では「出典一覧」として西鶴の主要作品における典拠と見なされるものを、それまでの研究から総合して一覧表化している。これらは詳細かつ有益な成果であるものの、たとえば『西鶴事典』では「○○を換骨奪胎したもの」「○○からの着想と思われる」という表現が見えるように、「出典」と称してよいのかややとまどう。具体的な作品名や文言の引用と、着想やパロディ、換骨奪胎という趣向上の摂取は、読者への波及効果が異なると思えるからである。

具体例をあげてみよう。巻一第二章の末尾には、明らかに『伊勢物語』の文言を意識的に用いている場面がある。

「命は物種、この恋草の、いつぞはなびきあへる事も」と、心の通ひぢに、兄嫁の関を据ゑ、毎夜の事を油断なく、中戸をさし、「火の用心」、めしあはせの車の音、神鳴よりはおそろし。

お夏と清十郎とが互いに惹かれ合いながらも、人目を気にして逢うことができずにいる、という状況が、手の届かぬ高貴な女性へ思いをかける『伊勢物語』の「むかし男」のエピソードと重ね合わされることで、二人のもどかしさや恐れがいっそう効果的に浮き彫りになる。「関」「通ひ路」は『伊勢物語』第五段に、「神鳴」は第六段に見える語である。ここでは語の引用からその背後にある古典の文脈を透かし見ることにより、なかなか逢えない男女の感情が二重写しに表現されているのである。ただし、この謡曲「卒塔婆小町」にも「通ひ路の関守はありとも」という一句が見えるので、この箇所は直接的には「卒塔婆小町」の影響を考えるべきかもしれない（信多純一「古典と西鶴―『好色五人女』巻四をめぐって」『文学』46巻8号、1978なども参照）。

また、巻三では、不義密通をおかしたおさんと茂右衛門が京から丹波へ落ちてゆく場面で、謡曲の「安宅」の一節が引用される。

　なほ行(ゆく)さき、柴人(しばびと)の足形(あしかた)も見えず、踏みまよふ身の哀れも今、女のはかなくたどりかねて、このくるしさ、息も限りと見えて、

「なほ行く先に見えたるは、杣山人(そまやまびと)の板取(いたどり)、河瀬(かわせ)の水の麻生津(あそうづ)や」という「安宅」の詞章は、シテである弁慶と義経の従者たちであるツレの謡の一節である。「安宅」は、兄である源頼朝に追われた義経が弁慶ら従者とともに奥州へ落ち延びてゆく際、さしかかった安宅の関で遭遇した事件を描くもので、歌舞伎では「勧進帳」として有名である。ここでは、追手から逃れて落ち行く義経と弁慶のはかない境遇が、おさん茂右衛門に投影されていることが明らかだろう。

それにくらべると、たとえば『西鶴事典』で指摘されている、巻三のおさんとりん

の入れ替わりを『源氏物語』「空蟬」巻の「投影」とする説は、『五人女』の読みに大きな影響を与えているとは言いがたいのではあるまいか。「空蟬」巻では、光源氏の寝所への侵入に対して、逃走した空蟬の身代わりとして源氏と契った継子の軒端の荻が描かれているが、おさんの場合と共通するのは「身代わり」という点にすぎないのである。空蟬は計略的に軒端の荻を残して去ったわけではないし、偶然に源氏と関係を持った軒端の荻がおさんのような悲劇に見舞われるという経緯もない。また、ここには『源氏物語』のイメージを喚起するような文言の引用も見出せない。こうした「趣向」や「投影」「着想」というものは、いわれてみればそうかもしれないが確たる証拠もなく、判断しかねる場合が多いのである（もちろん、近世独自の「やつし」「見立て」などの趣向を考慮する必要もあろうと思うが）。出典といった場合、やはり読者に確実に典拠を思い出してもらえるための鍵となる文言が一つでも引用されていることが必要なのではないだろうか。

謡曲からの影響が大きい理由は、自由で新奇な作風で知られた談林俳諧師の西鶴にとって、連歌俳諧の創作活動にあたっては、『源氏物語』や『伊勢物語』といった古典にじかに接するのではなく、それらを題材とした謡曲の詞章を通じて摂取したと考えられるからである。のちほどふれる梗概書も、本文そのものよりも作中歌を収録することに力点が置かれていたが、それは中世後期から近世にかけて連歌師や俳諧師が簡便に古典を参照するために作られたからである。そうした古典の知識は、連歌俳諧を作る人々には必須のものだった。冨士昭雄が「謡曲は西鶴ら談林の俳諧師の重視した〝古典〟で、談林の俳風に謡曲調があるゆえんである」と述べている通りである（「先行文芸と西鶴」、谷脇理史編『別冊國文學NO.45　西鶴必携』）。

さて、『好色一代男』が『源氏物語』五十四帖を意識したものであるのにくらべると、『五人女』は意外にも『源氏』を出典とする箇所（『源氏物語』の文言が引用されるという意味）が見出しにくく、むしろ、『伊勢物語』や『徒然草』を引く場合の方が多い。ただ一箇所、巻三の第三章冒頭に、

「世にわりなきは情けの道」と、『源氏』にも書き残せし。

と『源氏』の名前が明示されるものの、諸注釈によれば『心友記（しんゆうき）』などに『源氏物語』の言葉として引くが、同一の文章は『源氏』にはない」（谷脇理史『新版好色五人

女』脚注）のである。『心友記』は江戸初期の男色を題材とする仮名草子で、その上巻に「さてこそ源氏のかしはぎの巻とやらんに、わりなきは情の道とあるよしを承る時は」と見える（前田金五郎『好色五人女全注釈』、原文は日本思想大系10『近世色道論』所収）。近世の『源氏物語』享受はあらすじや作中歌を記す梗概書と呼ばれる書物によってなされることがほとんどであったが（中村幸彦「古典と近世文学」『中村幸彦著述集 第三巻』）、江戸初期に刊行された梗概書である『十帖源氏』や、室町時代成立の梗概書で近世に絵入り本として刊行された『源氏小鏡』、北村季吟の注釈書である『湖月抄』には一致する文章を見出すことができない。おそらくはこの文言の有無を探索するよりも、なぜこれが『源氏』の引用と称して記述されたのか、という点を考究するべきであろう。「男も女も、恋の道は理性ではどうにもならないもの」なのははるか昔の『源氏』の世から伝わる真理である、ということを強調しようとしたレトリックと考えることもできる。

この解説では従来指摘されている例を挙げるにとどまったが、『源氏物語』や『伊勢物語』を題材とする謡曲には連歌俳諧に用いられる語がちりばめられてもいるので、謡曲を通じた古典摂取の例は調査を重ねればさらに増加する可能性もある。今まで

『源氏』『伊勢』からの摂取であるとされてきた例についても、再考が必要になる場合があるかもしれない。

それぞれの物語について

全五巻構成の『五人女』では五つの個性豊かな物語が繰り広げられるが、それぞれが実際の出来事と深く関わって生まれたということはよく知られている。たとえば巻四のお七吉三郎の物語は、いわゆる「お七火事」と呼ばれる実際の放火事件をモデルにしたものといわれている。ただし、西鶴が現代のジャーナリストのように事件を直接取材したというわけではない。ここでは、各巻とモデルと思われる事件の関係について述べてゆこう。

先に構成についてふれた際、事件を題材として「歌祭文（うたざいもん）」が生まれ、それが『五人女』成立の元ネタになったという野間光辰の説を紹介した。「歌祭文」とは「祭文」ともいい、三味線を伴奏として心中事件などのスキャンダルを歌い語る芸能である。近世の事件はただちに祭文となって巷間に広まったという。『五人女』が刊行される以前に存在が確認される関連祭文もあるが、事件の概要はおおむね後の随筆や記録に記されるだけで、事実を把握するのは難しい。

では、それぞれの物語についてコメントしておく。

巻一は、地元の見聞録である『諸記視集記』の「おなつ清十郎事聞書」によれば、万治二年（１６５９）、同じ題材を浄瑠璃化した近松門左衛門の『五十年忌歌念仏』の記述から逆算すると万治元年（１６５８）のこととする。巻五と並んで、『五人女』の中でも古い時代の出来事に材を採っている。

関西で生まれ育った年配の人なら、「お夏清十郎」の話を耳にしたことがあるのではなかろうか。私は小学生の頃習っていた日本舞踊で「お夏清十郎」を踊った記憶がある。とくに、清十郎を喪ったお夏の狂乱が芸能化されやすかったのだと思われる。前半に清十郎の放蕩振りや遊女皆川との心中未遂が描かれるが、これは清十郎がいかに女性にとって魅力的な男かを強調し、お夏の恋の激しさにつなげる工夫であろう。他者から欲望される男は、その男としての価値がいっそう高まるからである。飛脚の失態によって戻らざるを得なくなった清十郎が、横領の嫌疑をかけられたまま死罪となるストーリー展開はたくみである。なお、年老いたお夏が備前の片上で茶屋を営んでいるという後日談も当地には伝えられている。

巻二は、貞享二年（1685）正月二十二日の事件と伝えられ、「樽屋おせん歌祭文」などの祭文が作られている。『五人女』刊行直前の事件、かつ西鶴の地元である大坂の物語なので、モデルとなった事件の記憶が生々しい頃に書かれたということになる。

この物語は、現代人の感覚からするとラストの急展開が唐突に思えるのではないだろうか。樽屋と仲睦まじく暮らしていたおせんが長左衛門と密通する動機は、長左衛門の妻への復讐といわれても今ひとつ納得しがたいものである。『五人女』の女性たちは、どこかで一度は「いたづら」と形容されており、「好色」という属性を内に秘めていることが示されるが、おせんの場合は単なる恋への好奇心とは異なる。いったん結い髪を壊され、人前で密通を疑われたからには、それを恋に転換してしまって「義」を通すほか方法がなかったのではあるまいか。長左衛門との経緯を合理的に解釈しようと、牧美也子（『マンガ日本の古典〈24〉好色五人女』）や中田由見子（『マンガ好色五人女』）などのマンガ作品ではおせんの心理を補って描かれている。

巻三は、天和（てんな）三年（1683）九月二十二日におさんと「茂兵衛」が処刑されたことを伝える資料が残る。近松門左衛門の浄瑠璃『大経師昔暦（だいきょうじむかしごよみ）』の題材にもなり、溝口健二監督により『近松物語』として映画化されてもいるので、知る人は多いだろう。資料に記された男性の名は「茂兵衛」であって『五人女』の「茂右衛門」とは異なるが、おさんの夫である大経師の名前も伏せてあるので、大坂に近い京都での事件を慮ったともいわれる。出典となる古典文学が多い巻でもある。

冒頭に紙幅をさいて語られる女性の品定めと詳細なそのファッション描写は圧巻であり、十七世紀の女性風俗を楽しめる箇所となっている。最後に登場する「今小町」、おさんがひときわ鮮やかに映える仕掛けである。

大経師が江戸へ赴いた用事を、貞享暦の改暦問題とかかわるものかとする説がある（谷脇理史『新版好色五人女』脚注）。それまで用いていた暦が実際とずれているとして、日本で初めて渋川春海（しぶかわはるみ）（冲方丁（うぶかたとう）の『天地明察』の主人公でもある）が和暦を作成し採用されたのが、貞享二年のことだった。大経師は暦の作成から販売までを一手に引き受けていたため、新暦を献上しに東へ向かったというのである。

なお、末尾でおさん茂右衛門とともに処刑された女中が「玉」とされるが、これは「りん」の誤りではなく、別人物とする説もある（重友毅（しげともき）「好色五人女の本質」『近世文学史の諸問題』明治書院、１９６３）。歌祭文「大経師おさん茂兵衛」では二人の仲立ちとして「玉」が登場しているからである。主の妻と不義密通した茂兵衛の罪は重く、江戸の刑罰を定めた「御定書（おさだめがき）」によれば相手の女性ともども死罪とされた。「五人女の一の筆」（「大経師おさん茂兵衛」）と呼ばれるように、この巻はトリッキーな身代わり騒動あり、逃避行ありで読みどころ十分であり、また、西鶴のレトリックも冴えているといえよう。

巻四は、事件の数年後に書かれた実録小説集『天和笑委集（てんなしょういしゅう）』によれば、天和三年（1683）三月二十八日にお七が処刑されたと伝え、「八百屋お七歌祭文」などが残っているが、お七の実在については確証が得られていないらしい。『五人女』のなかでもっともよく知られた物語といえるが、事実そのままと考えることはできない。「八百屋お七」といえば、恋人逢いたさに放火した後、髪を振り乱しながら火の見櫓に上る場面を思い出す人が多いだろうが、この趣向は安永二年（1773）に初演された浄瑠璃「伊達娘恋緋鹿子（だてむすめこいのひがのこ）」からであり、（Valerie L. DURHAM「近世演劇における八百屋お七像」『国際日本文学研究集会会議録』第11回、1987）、『五人女』における記述はごくあっさりしている。当時の放火は極刑に処される犯罪であり、引き回しのうえ火刑（火あぶり）に処され、死骸はさらされた（石井良助『第四江戸時代漫筆』、

藤澤衛彦・伊藤晴雨『日本刑罰風俗図史』）。

この物語はいわゆる「八百屋お七」として非常に有名で研究史もあつく、しばしば小説の題材にもなっている（丹羽みさと『八百屋お七論』新典社、２０２０）。年若いお七と吉三郎の恋は「可憐」で「清純」と形容されることが多かったが、それが明治以来の「お七もの」文芸の影響を受けたものであると広嶋進は指摘している（『西鶴新解』ぺりかん社、２００９）。広嶋によれば、お七はすでに男性経験があり積極的に性愛を求める「いたづら女」で、吉三郎も兄分のいる男色経験者であり、明治以来の解釈は当たらないという。こうした性愛への積極性と好奇心は巻一のお夏、巻五のおまんに共通するだけでなく、「人妻」である巻二のおせん、巻三のおさんにも見出される。前近代にはプラトニック・ラブなどなく、恋することはイコール性愛であったことを思うとき、『五人女』の恋もまた性愛という要素抜きには考えることができないだろう。

巻五は、『中興世話早見年代記』によれば、寛文三年（１６６３）に薩摩国で起こった心中事件がもとになっている。ラストの蔵の宝尽くしには、薩摩国が琉球を通じた交易によって得ていた品々が重ね合わされていると思われ、いわゆる「鎖国」下においても豊かな文物の交流があった様相が浮び上がる（森田雅也「鎖国下日本と世界に繫がる海の交易ルート」、『人文論究』67号、2018）。

『五人女』ではおまん源五兵衛は命を失うことはない。結末を変えた理由としては、先述したように全巻の終わりを「めでたしめでたし」で締めくくる俳諧の約束事に従ったという説明がされてきたが、巨万の富を得てもおまんと源五兵衛が果たして幸福な生活を送ったかどうかは記されることがなく、物語は宙ぶらりんなまま放置された感がなくもない。おまんと源五兵衛には、健康であればこの先長い家庭生活が待っているはずだが、仏道修行も中途半端なまま放り出した源五兵衛に琉球屋の大店を運営してゆく能力があるという保証もない。ここにいたって、読者ははたと気づくことだろう。五人の女が没入した恋の世界とは、瞬時のうちにしか輝きえないものだということに。

お夏は恋人を失い、おせんは自害、おさんとお七は処刑場の露と消えた。いずれも恋の時間はごくはかないものだ。訳出にあたって私が「恋」という語を多用したのは、いずれの男女の関係も短期間で燃え尽きることが前提となって成立しているからなのだ（なお、若衆と兄分との関係は、執着という意味を含ませて「愛」と訳し分けた）。

ただでさえはかない人の生を、恋と「義」のはざまにあって太く短く生きた女たちの物語は、恋愛に没入することが少なくなった現代人に、ひとときの非日常を味わわせてくれるのではないだろうか。

『好色五人女』読書案内

＊注釈書等（主に参考としたものには☆印を付した）

岡部美二二『西鶴好色物全釈』廣文堂書店、1927年

尾形美宣『西鶴好色五人女詳解』大同館書店、1930年

☆潁原退蔵・暉峻康隆・野間光辰編『定本西鶴全集　第二巻』中央公論社、1949年

暉峻康隆『好色五人女』角川文庫、1952年

暉峻康隆『好色五人女評釈』明治書院、1953年

☆暉峻康隆『好色五人女詳解』明治書院、1959年

☆東明雅校注『好色五人女』岩波文庫、1959年

麻生磯次・冨士昭雄訳注『対訳西鶴全集〈3〉好色五人女　好色一代女』明治書院、1974年

近世文学書誌研究会編『近世文学資料類従　西鶴編4』勉誠社、1975年

大野茂男『好色五人女全釈』笠間書院、1979年

☆江本裕『好色五人女　全訳注』講談社学術文庫、1984年
堀章男編『演習好色五人女』和泉書院、1985年
東明雅校注・訳『完訳日本の古典〈51〉好色五人女、好色一代女』小学館、1985年
水田潤編『好色五人女』おうふう、1988年
葉山修平『新釈　好色五人女』教育社、1988年
☆麻生磯次・板坂元・堤精二校注『好色一代男　好色五人女　好色一代女』岩波書店、1991年
☆前田金五郎『好色五人女全注釈』勉誠社、1992年
☆暉峻康隆・東明雅校注・訳『新編日本古典文学全集　井原西鶴集①』小学館、1996年
☆谷脇理史訳注『新版好色五人女　現代語訳付き』角川ソフィア文庫、2008年
竹野静雄『江戸の恋の万華鏡――『好色五人女』』新典社選書27、2009年

＊現代語訳

吉井勇『好色五人女（世界文学選書第85）』三笠書房、1951年

吉行淳之介『現代語訳　日本の古典16　好色五人女　西鶴置土産』学研、1980年

暉峻康隆『現代語訳 西鶴 好色五人女』小学館ライブラリー、1992年（元本は『西鶴全集4　好色五人女』1976年）

富岡多恵子『わたしの古典　富岡多恵子の好色五人女』集英社文庫、1996年（元本は1986年）

吉行淳之介・丹羽文雄『現代語訳　好色五人女』河出文庫、2007年（元本は1971年）

福島忠利『好色五人女』グーテンベルク21、2015年（電子書籍）

武田麟太郎【復刻版】『現代語訳　好色五人女』響林社、2015年（電子書籍）

＊エッセイ、小説（西鶴関連のもの含む）

村田穆『西鶴「好色五人女」新釈』私家版、1957年

藤原審爾『藤原審爾作品集　第3　好色五人女』森脇文庫、1957年

富岡多恵子『西鶴のかたり（作家の方法）』岩波書店、1987年
岩橋邦枝『古典を歩く10「好色五人女」「堀川波鼓」を旅しよう』講談社文庫、1998年（元本は1990年）
富岡多恵子『西鶴の感情』講談社、2004年
周防柳『うきよの恋花　好色五人女別伝』集英社、2022年

*マンガ

監修＝富岡多恵子、作画＝中田由見子『マンガ　好色五人女』平凡社コミック、1989年
構成＝辻真先、作画＝宮腰義勝『コミグラフィック日本の古典12　好色五人女』暁教育図書、1989年
牧美也子『好色五人女　マンガ日本の古典〈24〉』中公文庫、2001年

*主要参考書

石井良助『第四江戸時代漫筆』井上図書、1964年

石井良助『江戸の刑罰』中公新書、1964年
中村幸彦『中村幸彦著述集　第三巻』中央公論社、1983年
野間光辰『刪補西鶴年譜考證』中央公論社、1983年
森銑三『森銑三著作集　第十巻』中央公論社、1989年
谷脇理史編『別冊國文學NO.45　西鶴必携』學燈社、1993年
江本裕、谷脇理史編『西鶴事典』おうふう、1996年
鈴木健一『伊勢物語の江戸　古典イメージの受容と創造』森話社、2001年
黒木喬『お七火事の謎を解く』教育出版、2001年
堀切実『読みかえられる西鶴』ぺりかん社、2001年
氏家幹人『不義密通　禁じられた恋の江戸』洋泉社MC新書、2007年
井上泰至『恋愛小説の誕生―ロマンス・消費・いき―』笠間書院、2009年
広嶋進『西鶴新解　色恋と武道の世界』ぺりかん社、2009年
藤澤衛彦、伊藤晴雨『日本刑罰風俗図史』国書刊行会、2010年
中嶋隆編『21世紀日本文学ガイドブック④井原西鶴』ひつじ書房、2012年
丹羽みさと『八百屋お七論　近代文学の物語空間』新典社、2020年

＊服飾関係
菊地ひと美『江戸衣装図鑑』東京堂出版、２０１１年
井筒雅風『日本服飾史　女性編』光村推古書院、２０１５年
撫子凛『イラストでわかる　お江戸ファッション図鑑』マール社、２０２１年

井原西鶴年譜

（＊印は『好色五人女』に関連する記事）

一六四二（寛永一九）　一歳
大坂に生まれる。本名は平山藤五（伊藤梅宇『見聞談叢』による）かという。

一六六二（寛文二）　二一歳
この頃、俳諧の点者となったか。

一六六六（寛文六）　二五歳
三月、俳諧発句撰集『遠近集』に、鶴永の号で入集する。

一六七三（延宝一）　三二歳
六月に俳諧撰集『生玉万句』刊行。冬、鶴永から西鶴へ改号する。

一六七五（延宝三）　三四歳
四月三日、西鶴の妻が三人の子を残して病没、享年二五。亡妻追善の『誹諧独吟一日千句』刊行。剃髪して法体となる。

一六七七（延宝五）　三六歳
五月、一夜一日千六百句独吟を興行し、『西鶴俳諧大句数』として刊行。

一六八〇（延宝八）　三九歳
五月、一夜一日四千句独吟を興行し、翌年四月『西鶴大矢数』として刊行。

一六八二（天和二）　四一歳
一〇月、『好色一代男』刊行。

＊一二月、江戸大火（お七火事）。

一六八三（天和三）　四二歳

一月、役者評判記『難波の顔は伊勢の白粉』刊行。

一六八四（貞享一）　四三歳

三月、江戸版『好色一代男』刊行。四月、『諸艶大鑑』刊行。六月五日、住吉神社の境内で一夜一日二万三千五百句を独吟。

＊宣明暦を大統暦に改め、さらに一〇月には貞享暦に改める（施行は翌一六八五年）。

一六八五（貞享二）　四四歳

一月、浄瑠璃『暦』、『西鶴諸国ばなし』刊行。二月、『椀久一世の物語』刊行。

一六八六（貞享三）　四五歳

二月、『好色五人女』刊行。六月、『好色一代女』刊行。一一月、『本朝二十不孝』刊行。

一六八七（貞享四）　四六歳

一月、『男色大鑑』刊行。三月『懐硯』刊行。四月、『武道伝来記』刊行。

一六八八（元禄一）　四七歳

一月、『日本永代蔵』刊行。二月、『武家義理物語』刊行。三月、『嵐は無常物語』刊行。六月、『色里三所世帯』刊行。一一月、『新可笑記』刊行。

一六八九（元禄二）　四八歳

一月、『本朝桜陰比事』、地誌『一目玉鉾』刊行。

一六九二（元禄五）　五一歳
一月、『世間胸算用（せけんむねさんよう）』刊行。

一六九三（元禄六）　五二歳
八月一〇日大坂で没す。冬、門弟の北条団水により遺稿集『西鶴置土産（おきみやげ）』刊行。

一六九四（元禄七）
三月、遺稿集『西鶴織留（おりどめ）』刊行。春、北条団水が西鶴庵に入り、『西鶴俗つれづれ』（一六九五年刊）、『万（よろず）の文反古（ふみほうぐ）』（一六九六年刊）、『西鶴名残（なごり）の友』（一六九九年刊）の編集、刊行に従事する。

訳者あとがき

『好色五人女』との出会いは、高校生の頃にさかのぼる。「好色」というワードに好奇心をそそられた、というかにも十代らしい理由で角川文庫の一冊を求めたのである。西鶴なら受験勉強に役立つかとも思ったのだが、小娘に好色物の何かがわかろうはずもなく、大学入学後は中世文学へと傾倒して長らく触れることはなかった。再び『五人女』を手に取ることとなったのは、現在の勤務校でのことだった。兵庫県高砂市出身の学生が、『五人女』のお夏で卒論を書きたいというのである。私のゼミは平安時代から室町時代までを対象としており、お化けが出て来るなら江戸時代でもまあいいよ（実は、怪談はそんな簡単なものではないのだが……）とは言っていたものの、基本は「太閤検地」（十六世紀）までの時代に限りたい。学部生といえども論文指導はとても難しいと思ったが、勤務校には近世文学のゼミがないうえ、地元愛にあふれる学生の志も無下にしがたく、気が重いながらも指導を引き受けることになった。そこで数十年ぶりに再読してみると、笑いあり、しゃれありで、今まですり込まれていた印象がどんどん覆って行った。負うた子に教えられるとはこのことである。

若い頃は自分と年齢の近いお夏やおまんに惹かれた。特に巻五のおまんは、その主体的な行動とお嬢様ならではの無軌道ぶりが滅法格好よかったものだが、時過ぎて今に至ると、既婚ながら「好色」の名の下に埒外へ走って行ったおせんやおさんの行動が身に沁みて、人にはどうもしようがない運命の巡り合わせがあるのだと思うようになった。そして、瞬間的に燃え上がる恋には必ず世間のやっかいごとがつきまとうものだ、とも……。いつ読むかによって読みどころが変わるのが古典文学の強みである。繰り返し読み継がれてきた理由には、単に古典文学のカノン化（正統なものとして崇める動き）だけでは説明できない営為があったのかもしれない。

その後、光文社翻訳編集部からご依頼を頂いたとき、どのような経緯かすでに忘却の彼方となったが、『五人女』がいいのではないかということに決まったのだ。だが、これが思わぬ難産となり、完成に至るまで十年を超える月日を費やすことになろうとは、お釈迦様でもさらさらご存じなかったのである。私の五十代は病と老いの波に翻弄され、仕事は遅々として進まず、編集部には多大なご迷惑をかけることになった。

専門外の近世文学の知見も乏しく、西鶴作品を網羅的に読んだこともない私が、数多い研究と現代語訳を有する『五人女』とがっぷり四つに組むためには、基礎的な体力がそもそも欠けていた。現代語訳とは自らの研究の集大成でもあり、すべてを理解し、自分なりの解釈を確立させて初めてなし得るものといっていい。私は、近世の基本のキもわかっていなかったのである。わかっていないということがわかるまでに、十年以上かかったともいえる。研究は一生かけての大仕事だと痛感した次第だ。

さて、『五人女』の新訳に取り組むにあたり、まず決めなければならなかったのは訳出の文体だったが、これは当初から噺家の語りでいこうと決めていた。もちろん、作中にたまに顔を出す語り手の存在も意識していたが、何よりも私が『五人女』を読むときの脳内ではいつのまにか噺家らしき人物がしゃべっていたからである（あくまで個人の妄想です。『五人女』が書かれた時代に職業としての噺家はまだ誕生していない）。軽みも重みも語り分ける懐の深さが、落語の世界にはあると感じる。私はしげしげと寄席に足を運ぶようなコアな落語ファンではないが、昭和の上方生まれなのでメディアを通じて落語には耳慣れていたせいもある（桂米朝門下が多く、江戸落語はあまり聴く機会がなかったが）。

それに加えて、『五人女』の作者像には粋（すい）でシャイだが筋の通った都市人だという印象が拭い切れなかったこともある。上方、といえば今は特濃ソースに二度漬けしたようなベタなお笑いや、飴ちゃんをあげたがる豹柄を着たおばちゃん、といったイメージが全国に浸透しているが、江戸時代の上方は酸いも甘いもかみ分けた大人の価値観で動く大都市であったはずだ。都市には丹波や近江などの周辺部から人が流入し、他人に干渉しすぎないほどほどの情があったのではないか。そんな都市人が女と男を描いたら『五人女』になるのではと考えたのである。個人的な好みではあるが、田辺聖子氏がしばしば描いた「オトナの男」（「カモカのおっちゃん」に代表される）の軽妙洒脱さとその裏に潜む風刺性を思い浮かべていただけるとよかろう。

さて、執筆の準備運動のためYou Tubeの公式チャンネルやサブスク動画などに残されている音源で古今の噺家の落語を聴き（誰をモデルにしたのかは読書の妨げになる可能性が高いので秘するが、立川流一門でないことだけは明かしておいてよいだろう）、自分の身を語りの時空に置くというイメージトレーニングを試みた。西鶴の影響を受けたとされる樋口一葉を読み直し、西鶴を逆照射しようともした。何かが降って来ないと書けない憑依型研究者の私は、気持ちの上だけでもこういうことをする必要があったのである。それでもなかなか「降って来る」状態にはならずに焦り、また、十七世紀から自分が本領とする中世に早く戻りたいといういらだちにさいなまれ続けたものである。

訳出するための文体という点では、最初、上方落語の語りも考えたのだが、現在の上方イメージに引きずられてしまうことを懸念して標準語とし、各地に散らばる登場人物の言葉も方言を避けることにした。巻五のおまん源五兵衛などはしょせん「なんちゃって薩摩方言」にしかならないだろうし、そもそも、江戸時代の方言の実態もよくわからなかったからである。文体を比較的ニュートラルにした反面、登場人物の言葉は年代によって現代的な口調を取り入れてみた。すでに定着したと思われる流行語（「イケメン」など）や記号を積極的に用いたのは、現代の読者にイメージしやすいようにである。古典文学の現代語訳は敬語表現などが煩雑で読みにくいといわれることが多いので、過剰な敬語表現は避け、テンポよく読んでもらえるよう心がけた（つもりであるが、読み返すと「谷崎源氏」もどきの箇所があるようにも思える）。

本書によって、数多くの人を魅了してきた『好色五人女』という作品がより多くの年代の人々に楽しんでもらえるよう、心から祈ってやまない。

なお、執筆から編集作業まで佐藤美奈子氏、編集長の中町俊伸氏に大変お世話になったことを感謝申しあげる。また、丁寧な校正作業で助けて頂いた校正者の方にもお礼申しあげたい。

最後に、亡き先代猫のきなこと、当代の文覚（もんちゃん）にも感謝を。彼らとともに乗り越えた日々の愛しさを忘れず、これからも精進してゆきたい。

二〇二三年十一月

田中貴子

本文中に掲載した挿し絵は、井原西鶴『好色五人女』森田庄太郎、貞享3［1686］。国立国会図書館デジタルコレクション
https://dl.ndl.go.jp/pid/2544916 ~https://dl.ndl.go.jp/pid/2544920による。

本文中に、「めくら」という今日の観点からは使用を控えるべき、身体障害に関する不適切な語が用いられています。しかしながら編集部では、本作が成立した十七世紀後半の時代背景、および作品の歴史的・文学的価値を考慮したうえで、原文に忠実に現代語に訳することを心がけました。差別の助長を意図するものではないということをご理解ください。

（編集部）

好色五人女（こうしょくごにんおんな）

著者　井原西鶴（いはらさいかく）
訳者　田中貴子（たなかたかこ）

2024年1月20日　初版第1刷発行

発行者　三宅貴久
印刷　新藤慶昌堂
製本　ナショナル製本

発行所　株式会社光文社
〒112-8011東京都文京区音羽1-16-6
電話　03（5395）8162（編集部）
03（5395）8116（書籍販売部）
03（5395）8125（業務部）
www.kobunsha.com

©Takako Tanaka 2024
落丁本・乱丁本は業務部へご連絡くだされば、お取り替えいたします。
ISBN978-4-334-10195-4 Printed in Japan

※本書の一切の無断転載及び複写複製(コピー)を禁止します。

本書の電子化は私的使用に限り、著作権法上認められています。ただし代行業者等の第三者による電子データ化及び電子書籍化は、いかなる場合も認められておりません。

いま、息をしている言葉で、もういちど古典を

長い年月をかけて世界中で読み継がれてきたのが古典です。奥の深い味わいある作品ばかりがそろっており、この「古典の森」に分け入ることは人生のもっとも大きな喜びであることに異論のある人はいないはずです。しかしながら、こんなに豊饒で魅力に満ちた古典を、なぜわたしたちはこれほどまで疎んじてきたのでしょうか。

ひとつには古臭い教養主義からの逃走だったのかもしれません。真面目に文学や思想を論じることは、ある種の権威化であるという思いから、その呪縛から逃れるために、教養そのものを否定しすぎてしまったのではないでしょうか。

いま、時代は大きな転換期を迎えています。まれに見るスピードで歴史が動いていくのを多くの人々が実感していると思います。

こんな時わたしたちを支え、導いてくれるものが古典なのです。「いま、息をしている言葉で」——光文社の古典新訳文庫は、さまよえる現代人の心の奥底まで届くような言葉で、古典を現代に蘇らせることを意図して創刊されました。気取らず、自由に、心の赴くままに、気軽に手に取って楽しめる古典作品を、新訳という光のもとに読者に届けていくこと。それがこの文庫の使命だとわたしたちは考えています。

このシリーズについてのご意見、ご感想、ご要望をハガキ、手紙、メール等で翻訳編集部までお寄せください。今後の企画の参考にさせていただきます。
メール　info@kotensinyaku.jp